磨铁经典第四辑·发光的女性

将来有一天，女性不再用她的弱点去爱，
而是用她的力量去爱。

钻石广场

[西]
梅尔赛·罗多雷达
Mercè Rodoreda
_著

王岑卉 _ 译

**La Plaza
del Diamante**

四川文艺出版社

献给 JP

亲爱的,这就是人生。

——梅尔赛·罗多雷达

目录

序言 _1

导语 _9

自序 _27

钻石广场 _001

序言

梅尔赛·罗多雷达何许人也?

加西亚·马尔克斯

(郭怡爽 译)

上周,我在巴塞罗那一家书店打听梅尔赛·罗多雷达,结果得知她早在一个月前就过世了。这噩耗让我十分难过,一是因为我很欣赏她的著作;二是因为她的讣告竟未能在西班牙以外得到适当的公布,也没有获得应有的敬意,这与她的成就是很不相称的。在加泰罗尼亚以外的地方,好像没有多少人知道这个隐形的女人是谁:她用绚烂的加泰罗尼亚语写出了许多优美而严酷的长篇小说,在当今文坛不可多得。其中一本是《钻石广场》,依我之见,这是西班牙内战后问世的作品中最美的一部。即使是在西班牙,罗多雷达也如此鲜为人知。这并不是因为她用一种受众有限的语言进行创作,也不是因为她作品中的人性悲欢都发生在巴塞罗那某个十分隐秘的角落。她的著作被译成十多种语言,在许多国家都得到了其所应得的、远比本土更热烈的评论。法国评论家米歇尔·库诺这样评价《钻石广场》:"这是最具有普世意义的爱情篇章之一。"戴安娜·阿西尔对英文版本的评价是:"多年来,西班牙出版的最优秀的小说。"美国《出版家周刊》的一位评论家认为,这是一部奇特又美妙的小说。然而,几年前,为了纪念某个周年,曾在当代西班牙作家中进行过一项调查,试图按照一定的标准评选出西班牙内战后的十部最佳作品,但我不记得有谁提到《钻石广场》。不过,很多人公正地提到了阿图罗·巴雷亚的《一个反抗者的锻造》。有趣的是,20世纪40年代末期,这本书已在布宜诺斯艾利斯出版了厚实的四卷本,在西班牙却尚未面世。与此相反,加泰罗尼亚语版《钻石广场》当时已经再版了二十六次。我在那时读到了它的西班牙语版,并为之目眩神迷,程度几乎可与我第一次阅读胡安·鲁尔福的《佩德罗·巴拉莫》时相比,尽管二者除清透的美感外并无相似之处。

自那时起,我不知读了多少遍梅尔赛·罗多雷达的作品,其中一些还是加泰罗尼亚语版——这一努力也充分说明了我对她的敬仰。

梅尔赛·罗多雷达的私人生活是充满神秘的巴塞罗那城中保存得最好的秘密之一。我不知有谁与她相熟,能确实无疑地描述她的为人。在她的作品中,人们只能隐约窥见她那近乎过分的敏感,以及对亲人和邻里生活的热爱。也许正是这种热爱使她的小说具有普世意义。我们知道她在圣赫尔瓦西奥的家中度过内战,她当时的精神状态在作品中一望而知;我们知道后来她移居日内瓦，借着旧日怀想的余烬进行写作。"动笔写这部小说时，我几乎已经不记得真正的钻石广场是什么模样了"，罗多雷达在一版序言中写道。这充分证明了她的小说家意识。不是写作者的人可能会惊奇地发现，这位作家竟能凭借遥远的、几乎迷失在童年迷雾中的人生经历，将笔下的地点和人物重现得如此细致清楚。"我只记得，"她在加泰罗尼亚语版的序言中写道，"十三四岁的时候，每逢一年一度的节日，我就会跟父亲一起走过恩典区的大街小巷。他们会在钻石广场上搭起一座大帐篷。其他广场上也会搭帐篷，但钻石广场上那座我记得最清楚。每次经过那个乐声悠扬的地方，我都想加入跳舞的人群，可我父母不许我跳舞。"梅尔赛·罗多雷达认为，正是这种失望让她多年之后在日内瓦，以那个大众节日作为小说开端进行写作。

总的来说，她对舞蹈的热望一直被父母压抑着，因为这对一个体面人家的姑娘来说很不成体统。作家本人也把这种热望的挫败视为促使她开始写作的原初动力。

梅尔赛·罗多雷达在序言中对文学创作的潜意识过程做出了准确而有效的描述，这一点在其他作者中很少见。"小说就像变魔术"，她写道。在谈及她最长的小说《碎镜》（*Espejo Roto*）时，罗多雷达仿若在揭示炼金术的真谛："艾拉迪·法里奥斯陈尸于一座豪宅的藏书室，以最令人意想不到的方式为我的第一章画上句号。"她还说："物件对叙事非常重要，而且一向如此。

早在法国著名作家阿兰·罗伯-格里耶（A. Robbe-Grillet）写出《窥视者》（*Le Voyeur*）之前就是如此。"我读到这段话已经是很久以后。那时，我早已被她作品中无处不在的敏感视角所吸引，为照亮她文字的奇光异彩而惊叹。一位作家，如果懂得事物如何命名，他的灵魂就得救了一半。梅尔赛·罗多雷达很清楚这一点，并乐于运用在母语中。相形之下，我们西班牙语作者中并不是每一位都能意识到这一点。在某些作者身上，这问题甚至比我们料想的更加突出。

我想——如果我记得没错的话——梅尔赛·罗多雷达是唯一一位曾让我无法抑制内心的崇敬之情而去拜访过的素不相识的女作家（或男作家）。大约在十二年前，我通过我们共同的编辑了解到，她将在巴塞罗那短暂停留几天。她在临时住所接待了我，房间陈设非常简朴，只有一扇窗户，面朝着落日下的蒙特罗拉斯花园。我惊异于她本人的闲散气质，后来我在她的一篇序言中发现了对此的描述："也许，在我诸多的个性中，最为突出的就是一种天真烂漫。它让我自在地活在所在的世界。"那次会面我还了解到，除了文学事业，她还有另一项钟爱程度不相上下的事业，那就是莳花弄草。我们谈论到这里，我说种花是另一种形式的写作。花团锦簇中，我们试着评论彼此的创作。让我俩印象深刻的是，在我的所有作品中，她对《没有人给他写信的上校》中的那只公鸡情有独钟，而我最喜欢的是《钻石广场》中的咖啡壶抽奖。我对那次奇特相会的印象已经朦胧，而对她来说，那也不会是要带入坟墓的深刻记忆。但对我而言，那是我绝无仅有的一次机会，竟能与一位与其笔下人物如出一辙的文学创作者交谈。在电梯里告别时，不知为何她对我说："您很有幽默感。"自那以后，我再没得到过她的音信。直到这周，我才偶然而又不合时宜地得知了这件憾事——这唯一能阻止她写作的不幸。

1983 年 5 月 18 日

导语

"亲爱的,这就是人生":
《钻石广场》中的情感与历史

魏 然

在梅尔赛·罗多雷达(1908—1983)的小说《钻石广场》中,虽然同样出现了巴塞罗那的神圣家族教堂、古埃尔公园和蒙特惠奇山,但没有乔治·奥威尔《向加泰罗尼亚致敬》中贴满革命海报的兰布拉大道,也没有卡洛斯·鲁依兹·萨丰《风之影》中供读书人隐形避世的遗忘书之墓。《钻石广场》描述的是20世纪30年代到50年代的西班牙,这一时期正值西班牙内战前后与佛朗哥统治初期,但在全书中,读不到乌纳穆诺在讲坛上孤注一掷的论辩,读不到加西亚·洛尔卡《宪警谣》里与迫害者的生死周旋,读不到海明威《丧钟为谁而鸣》里的爆破与突围,读不到塞尔卡斯《萨拉米斯的士兵》里的枪决与逃亡。《钻石广场》的女主人公娜塔莉亚战争期间就悄然生活在与小说标题同名的一片平民街区里,她一天也没到过前线,只是沉默着,努力像个人一样熬过战争及其后的艰难岁月。对我而言,这是《钻石广场》最令人惊异之处：书中没有我们惯常以为的历史、惯常以为的战争。

或许，本来就没有一种固定意义的西班牙内战书写。在上述男性诗人和小说家写下子弹、伏击、创伤与牺牲的纸面上，《钻石广场》则记述了一个女人指尖碰触、目光所及的橱窗、苗圃、天台、桌布、餐盘、蝴蝶结、店铺里的日式挂帘和桌上的海螺饰品。娜塔莉亚的世界是自己的居室，是天台的鸽巢，是公寓旁边的小广场，是做清洁女佣的豪门旧宅。当大历史来临时，娜塔莉亚仅仅与邻人侧面谈到它，共和派与民族主义者的对抗带给她的冲击更多呈现为她与房顶鸽群的战争。叙事人娜塔莉亚亲历历史，却不对历史做出阐释；小说家罗多雷达刻意不把笔下的女主人公嵌入惯常历史叙事的链条，娜塔莉亚也不能被视为惯常历史叙事的主体。显然，小说的特殊选择并非一句"女性作家视角"便能敷衍过去。

一

作家梅尔赛·罗多雷达本人绝不外在于人们津津乐道的西班牙大历史。加泰罗尼亚文化复兴运动始于19世纪，及至巴塞罗那成为第二共和国最后的都城时达至顶峰，而罗多雷达家族与区域文化的复兴相伴随。罗多雷达的祖父曾是巴塞罗那重要的文化期刊《复兴》的撰稿人，她的父亲也是文学爱好者。不过,当梅尔赛·罗多雷达1908年降生时,家人却没料想到,她将成为20世纪后半叶所有加泰罗尼亚语写作者的楷模。少女时的梅尔赛按照长辈的要求,辍学在家、等待婚嫁。在母亲家族里,一位从阿根廷归来的商人似乎成了不错的选择。于是,罗多雷达20岁时结婚并很快生下一子。不过,一个能自费出版小说、为报刊撰写政论文章的女子自然会寻求独立。在对角线大街旁的咖啡馆和编辑部里,她顺理成章地结识了不少作家,其中就包括比她年长16岁的左翼作家、理论家安德鲁·宁(Andreu Nin)。宁是托尔斯泰和陀思妥耶夫斯基的译者,也是西班牙重要的工运领袖。1930年,他因担任过托洛茨基的秘书而逃离莫斯科,返回西班牙,组建了马克思主义统一工人党。1936年内战爆发后,宁接任马统工党政治书记,稍后履职共和国政府加泰罗尼亚司法部部长。也是在这一年,罗多雷达成了宁的情人。1937年巴塞罗那五月巷战[1]后,苏联派的西班牙共产党宣布马统工党为非法组织。宁被秘密警察逮捕,遭受严刑拷打,在狱中被处决。罗多雷达其后绝少回忆这两年的恋情和创伤,我们仅知道1937年宁逝世后,她最终也跟丈夫分手,在1938年(即西班牙第二共和国的最后一年),她的自传体小说

---

[1] 西班牙共产党在巴塞罗那的代理人加泰罗尼亚联合社会党的支持者与全劳联、马统工党的支持者发生冲突,演变为"内战中的内战"。

《阿萝玛》(*Aloma*)取得了小小的成功。

1939年初,"红都"巴塞罗那沦陷前夕,罗多雷达与一群作家朋友乘坐加泰罗尼亚文学研究所的巴士出城,前往西、法边境。彼时,这群文人还以为形势即将逆转,不久即可踏上归途,一路谈笑,仿佛初春郊游。巴士越过比利牛斯山,作家团在距离巴黎不远的小城鲁瓦西的一座旧城堡里安顿下来。正是在鲁瓦西城堡,罗多雷达与有家室的作家霍安·普拉特(Joan Prat, 1904—1971,笔名 Armand Obiols)发生恋情。普拉特——即作家奥庇奥尔斯——是加泰罗尼亚重要的文学评论家,20世纪30年代曾任《加泰罗尼亚杂志》主编。两位作家的越界之恋让流亡中的巴塞罗那作家团分崩离析。德军占领法国后,罗多雷达与普拉特一道转移到波尔多。他们一度生活困苦,甚至需要让罗多雷达做缝纫活补贴日用。《钻石广场》中关于内战期间饥馑与困窘的描述(例如煤气供应停止,娜塔莉亚不得不烧栎木炭),其灵感或许一半来自1938年巴塞罗那沦陷前的经历,另一半来自"二战"期间在法国的窘境。"二战"结束后,两人移居巴黎。1954年,普拉特找到了在联合国教科文组织驻日内瓦的机构担任翻译的职务,罗多雷达又追随他前往日内瓦居住。

20世纪50年代是罗多雷达事业的低点,出于难以解释的病因,她的右手一度无法握笔写作长文,仅能用左手写诗、画画。直到1957年短篇小说集《二十二个故事》获奖,她才再度恢复了提笔创作的勇气。1962年,54岁的加泰罗尼亚女作家重新找回了20世纪30年代那位巴塞罗那文学少女的写作状态，在日内瓦以加泰罗尼亚语写成其代表作《钻石广场》。再次强调加泰罗尼亚语，是因为罗多雷达与那些流亡阿根廷或墨西哥的西班牙作家不同，后者仍能生活在母语环境中，而旅居巴黎和日内瓦的罗多雷达却仅能在与亲人交谈时及在书本上与母语保持亲熟。更严重的是，佛朗哥掌权后的西班牙对加泰罗尼亚语的压制极为强烈，这门语言在本土被禁用，战后巴塞罗那的一代儿童是读着卡斯蒂利亚语（现代西班牙语）课本长大的。加泰罗尼亚语的命运前途未卜。以20世纪60年代初的眼光来看，说从那时算起的数十年后，加语文学将无人问津，也并非耸人听闻。考虑到这些，罗多雷达与其他那些终生用加泰罗尼亚语书写的流亡作家，可谓勇者。好在《钻石广场》问世之后在销售和评论上都颇为成功，三年后的1965年，该书便被译成西班牙语，后来被纳入西班牙高中生必读文学作品之列。到作家去世前后，加泰罗尼亚语版的《钻石广场》已再版了二十六次。需要提及的是，爱人普拉特的文学建议对罗多雷达在中年重拾写作状态有莫大帮助，但两人并未成为常伴身侧的伴侣：普拉特住在维也纳，而罗多雷达人生的最后阶段辗转于日内瓦、巴黎和巴塞罗那三地，两人异地而居，保持着密切的书信往来，直到普拉特于1971年去世。霍安·普拉特便是《钻石广场》题记中的JP，"献给JP：亲爱的，这就是人生"，这一句题记想必凝缩了近三十年的颠沛起伏、世相沧桑。

二

《钻石广场》的语言最具匠心之处，就在于罗多雷达选取了受教育程度远逊于己的劳动阶级女性娜塔莉亚为第一人称来讲故事。娜塔莉亚的叙述语言简洁、鲜活，这种语言充分体现了她天真而倔强的性格，她的内心独语很少直抒胸臆，却带有一种仿佛浑然不觉的诗意。例如，她独自走在街上，想起外出打仗的丈夫乔[1]时，喃喃自语："我的心变成了软木做的。因为它如果还是像以前那样是肉做的，你拧一把就疼，那我就不可能走过那么高、那么长的一座桥。"娜塔莉亚对自己生命故事的观察是片段性的，小说的四十九个章节也都是一则则的碎片，而且每一则都充满了丰富的当下经验、感官联想。这些感官联想又往往是经由物象呈现的。故事开篇就充满了女性生活中的物象——"花束舞会开始前，他们会先摇奖抽咖啡壶"，此后还出现了漏斗、床柱、洋娃娃、墙上的龙虾画、屋顶的鸽巢、大宅的家具与门铃，最后是在旧居门前刻上自己的绰号 Colometa（即加泰罗尼亚语"鸽子"）的削皮刀——读者应该留意那些寄托着情感的物件。

---

[1] 英译本采取了"乔"这个英语化的名字，在加泰罗尼亚语原文和西班牙语译本中均为吉梅特（Quimet）。

《钻石广场》中鸽巢这些物象传递的经验又大多关联着情感与婚姻。法国批评家米歇尔·库尔诺在谈及《钻石广场》一书时评述说,本书是"最具普世意义的爱情篇章之一"。小说中的娜塔莉亚曾有两次婚恋。第一次与乔的婚姻,显然受到西班牙传统性别秩序的压制,难以给她提供爱的空间。小说开始时,娜塔莉亚还是在糕点店帮忙的少女。在钻石广场的露天舞会上,她遇到了纠缠不休的乔,而后匆匆嫁为人妇,搬入了钻石广场旁边的简陋公寓,并很快为乔生下一子一女。这种婚姻关系是压抑性的,从乔执意给娜塔莉亚买围裙,以及乔的母亲第一次见面就询问娜塔莉亚"你也喜欢做家务吗"便可以看出端倪。婚后,乔执意要在天台上养鸽子,他与朋友厄尼商量如何搭建鸽舍。娜塔莉亚平静而疲惫地陈述道:"他们说,让鸽子住进去之前,得先给鸽舍刷油漆。一个人想刷成蓝色,一个人想刷成绿色,还有一个人想刷成巧克力色。最后,他们决定刷成蓝色,负责刷漆的却是我。"邻居恩瑞奎塔太太——她在小说中充任了娜塔莉亚母亲的角色——为娜塔莉亚找到了给大宅清扫卫生的工作,收入虽然微薄,但读者不禁想到,女主人公此前的家庭劳动是全无报酬的。

婚姻当中的生育和母职是关键要素。"娜塔莉亚"(Natàlia)这个名字的本义就是基督降生,联系着生育和母职。第十一章讲述分娩头生子托尼时,读者首先听到了娜塔莉亚震耳欲聋的尖叫,她甚至痛苦到扯断了床柱。当乔加入共和军赶赴前线、生死不明，而娜塔莉亚找不到喂养孩子的足够吃食时（从第二十六章到第三十六章的主线便是获取食物，从牛奶断货到娜塔莉亚几乎要去街边乞讨，饥饿程度不断升级），她几乎狠心地把儿子托尼送入了难民营。在《钻石广场》中，生育和母职被排除了一切浪漫化的想象。在我看来，鸽巢这一多义的核心意象就象征着生育和母职。"小白鸽"是乔初次见面时强加给娜塔莉亚的绰号，他执意搭建的鸽舍一方面是他限制妻子封闭的独裁空间，因为娜塔莉亚即是鸽子；另一方面鸽群及其臭味又象征着侵犯娜塔莉亚私人空间的生育制度（"我耳朵里全是鸽子的咕咕声"），因为鸽群的特质便是不停地生殖。在第二十五章，娜塔莉亚开始给孵蛋的鸽子捣乱，干扰鸽群的繁殖——这一破坏鸽子生育的行为与她后来在饥馑最严重时计划用镪水来毒杀儿子托尼和女儿丽塔的计划，可以解读为前后呼应的设计。或许正是因为鸽巢的隐喻十分关键，小说英译本才选择用《鸽巢时代》(*The Times of the Doves*)为书名。

三

罗多雷达在导语中提醒她的读者："我读过的所有的东西，以《圣经》为主。"《钻石广场》中确实包含许多圣经意象，其中最显著的两个是伊甸园和所多玛，而且两者都与性别有明确联系，都包含着对女性脱轨的训诫。约翰神父在乔与娜塔莉亚的婚礼上就做了伊甸园主题的布道，责难夏娃不能抗拒伊甸园的诱惑，吹落了花瓣；娜塔莉亚改嫁安东尼之后，午夜醒来，在幻象中，客死战场的乔变成了一丛白骨，"只剩肋骨露在外面，像个空荡荡的笼子。……肋骨基本都在，只缺了一根，那就是我。我刚冲破肋骨构成的笼子，就摘下了一朵小蓝花，扯下花瓣"。所多玛的用典则更为关键而明确：《创世记》中所多玛的故事讲述了弃城避难中，罗得的妻子因不顾丈夫吩咐，回首一望，变成了死海边的盐柱。娜塔莉亚在下决心杀死孩子再自杀之前，在街上听到召唤——杂货店主安东尼仿佛是所多玛城的十位义人之一——娜塔莉亚违背《圣经》的教训，回应了所多玛的召唤，接受了安东尼的善意和馈赠的食物，却未曾变为盐柱，从而开启了在别处寻找爱的可能性。

罗多雷达说，《钻石广场》不是关于内战或西班牙历史的，而是关于爱的小说。从乔到安东尼，对娜塔莉亚来说，是习得爱的过程。乔与娜塔莉亚之间，是暴烈的性爱与控制，他们的新婚之夜"不是一夜，而是一周"；娜塔莉亚恋慕乔的身体，但他们的性与爱是等级分明的，甚或是恐怖的男女二元对立。随着家庭内景展开，我们读到表面上充满阳刚气和占有欲的乔实则羸弱多病，尤其是因腹痛而打下蛔虫的段落使他的形象越发阴性化（"乔说，现在咱俩打成平手了，因为我生了两个孩子，而他生了一条十五米长的虫子"）。罗多雷达含蓄地嘲弄了二元对立的性别之战，因为貌似强悍者同样脆弱，外表纤柔者往往更加坚忍。战争中旧的性别秩序塌陷后，慢慢褪去童稚的女主人公获得了自我定义爱的机会。娜塔莉亚的好友、女民兵朱莉向女主人公讲述了自己在荒宅中与青年民兵度过的浪漫之夜（罗多雷达将这一段几乎仿写成一篇西班牙哥特浪漫小说），朱莉的故事和马修的英雄主义都给女主人公带来了爱的启示。与安东尼相遇后，娜塔莉亚时常觉得自己在进入一段僭越的关系中，因为内战结束后乔生死不明，日后的惩罚令她夜不能寐。这种越界之爱让我联想到罗多雷达自己与普拉特的恋情，以及她的其他作品。在罗多雷达的一则短篇小说《蝾螈》中，与已婚男士交往的女子被村民诬蔑为妖女，并遭受火刑。女子在火焰中变身为蝾螈，再次回到情人的床下陪伴他。[1]

  与安东尼的家庭生活几乎跟与乔的婚姻处处相反：安东尼因战争而成为阉寺之人，不仅无法生育，而且与娜塔莉亚完全过着无性的婚姻生活——卧室中有一扇睡前更衣的屏风，娜塔莉亚的睡衣扣到最高的扣子。与安东尼的爱，是无性的，但远为丰富。安东尼免除了强迫女性生育的母职，反而收获了与他更为肖似的精神之子托尼——这对养父、继子共享名字当然不是偶然。在最后夜游故地的场景中，娜塔莉亚与过去讲和，获

---

[1] Mercè Rodoreda, *The Selected Stories of Mercè Rodoreda,* trans. Martha Tennent, Rochester: Open Letter, 2022, Kindle Edition.

得了发言的权利,在旧居门前刻写自己的名字,在深夜的钻石广场上发出凄厉的叫喊,正如第一次分娩时的呼号,只不过这一次是她自己的重生。唯有在此之后才出现情欲的场景:娜塔莉亚第一次在安东尼面前赤裸身体,从背后抱住他,"滑进梦乡之前,我把手挪到他肚皮上的时候,摸了摸他的肚脐眼,接着把手指伸进去,堵住它,这样他就不会从肚脐眼被掏空了……就没有哪个巫婆能从肚脐眼把他吸干,把我的安东尼从我身边带走了"——把手指探入肚脐眼,是一个明白无误的反向性爱,娜塔莉亚最终获得了情感节奏的主导权。在新的平衡中,两人"像两个小天使一样睡着了"。罗多雷达呈现出爱的多重性,战争与历史的压抑结构也不能剥夺人们爱的权利。

四

至此,我们可以返回本文最初的问题:罗多雷达没有书写人们惯常以为的历史和战争,但却书写了历史的另一面;娜塔莉亚的私人战争仍旧描绘出了西班牙历史的图画。詹姆逊在《政治无意识》中提示说,寻找小说中的历史框架,并非搜寻那些直接谈及史实的地方,而是说,好的小说可以引领我们经由小说抵达历史;弥散在一个历史阶段的社会冲动、意识形态幻觉和物质经济环境的变化,凝聚为符号和文本,而这些符号和文本又"在历史地表运动的巨大压力之下成型和结晶为所谓的

'作品'"[1]。《钻石广场》正是在西班牙历史地表的激烈震荡后结晶而成的作品。罗多雷达书写娜塔莉亚的微妙之处便在于，呈现一个没有阶级意识的主体如何嵌入社会革命，进而引领有心的读者回溯推导那些催化出结晶或作品的历史动力。

请注意第二十六章中，娜塔莉亚的私人战争（对鸽子"大搞革命"）与西班牙内战一同到来（"仗终于打起来了"）。此时，乔和马修等朋友正在公共空间里忙碌不休，参加左翼社会运动，但小说家故意不挑明具体是哪类社会行动：或许他们成了马统工党的民兵，或许参加了无政府主义工会，甚至介入了更暴力的纵火焚烧教堂的事件——娜塔莉亚曾提到她瞥见了教堂着火，还听雇主说，街上的革命者误认为男主人是牧师，而差点把他杀死。显然，娜塔莉亚不是历史的积极观察者，经历却不做阐释，感受却不提供认知，以示她不理解，也不感兴趣。但所有那些历史参照都悄然悬置于她的生活之上。这一言说和不言说之间的差异，反而让读者思忖：乔在公共空间里似乎在为一个更公正的西班牙社会而战，为何他同时完全盲视家庭空间中的不平等？频繁出现在其他内战书写中的西班牙女性运动和团体，是否颠覆了西班牙的父权制？真正的时代革命与女性

---

[1] 张旭东：《辩证法的诗学——解读杰姆逊》，收入张旭东《幻想的秩序》，上海人民出版社，2020年，第168页。

的生活劳作是什么关系？罗多雷达让这些问题保持开放，留待有心者结合那些未言说的历史参照一同阅读。

在席卷一切的西班牙内战中，豪门老宅代表的旧秩序和乔为之战斗的第二共和国均归于失败。仿佛一出苦涩的悲喜剧，娜塔莉亚反而在内战后获得了阶级跃升：从开始时她自己在大宅受雇当清洁女佣，到后来成了"娜塔莉亚夫人"，雇起了别人当女佣。这一阶级跃升得益于第二任丈夫安东尼，他不仅是一位善人，而且是一位成功的零售商，是彼时佛朗哥的西班牙向战后其他欧洲国家出口小商品这一繁荣政策的受益者。女儿丽塔一度想当空姐，也联系着20世纪50年代末西班牙开始推广弗拉门戈歌舞等标志性民族文化，把自身打造成欧洲中产阶级的旅游度假地。或许可以说，娜塔莉亚的生活和身体被西班牙第二共和国末期、内战和佛朗哥威权统治的历史所穿透。她在惯常的历史线索之外讲述，反而向读者提供了洞悉以往历史叙事片面性的机会。

研究者费尔南德斯（Josep-Anton Fernández）提示说，娜塔莉亚可比拟为本雅明笔下的"历史的天使"。[1] 让我们回顾本雅明《历史哲学论纲》中的这段文字：

---

[1] See Josep-Anton Fernández, "The Angel of History and the Truth of Love: Marcè Rodoreda's *'La plaça del diamant'*", *Modern Language Review*, 94.1 (1999), pp. 103–109.

人们就是这样描绘历史天使的。他的脸朝着过去。在我们认为是一连串事件的地方,他看到的是一场单一的灾难。……天使想停下来唤醒死者,把破碎的世界修补完整。可是从天堂吹来了一阵风暴,它猛烈地吹着天使的翅膀,以至他再也无法把它们收拢。这风暴无可抗拒地把天使刮向他背对着的未来。而他面前的残垣断壁却越堆越高直逼天际。这场风暴就是我们所称的进步。[1]

娜塔莉亚不正是在20世纪30年代至50年代的西班牙,顶着风暴,默默地保持着背向未来的姿态吗?第二共和国所谓的进步精神和佛朗哥时代的发展主义仿佛无情的飓风,一阵阵扫过巴塞罗那的街巷广场,在她面前堆叠起童年的蛋糕店、彩裙炫舞的广场、迷宫般的旧宅、塔楼上羽片飞扬的鸽群,种种物象组成的废墟。这种背对风暴、拼尽全力修补我们日常生活的形象,难道不是每个普通人经历巨变时真切却绝少被记录的写照吗?

或许,正是这份关于战争与艰难时日的真切却稀少的写照,

---

[1] 本雅明:《启迪:本雅明文选》,汉娜·阿伦特编,张旭东、王斑译,生活·读书·新知三联书店,2014年,第270页。

让《钻石广场》成为不断被重估的经典。它不仅给后辈的加泰罗尼亚语作家们提供了写作样板,在欧美学院内部被女性主义学者所瞩目,也赢得了加西亚·马尔克斯等第一流作家的青睐。今天,随着出色的新中译本的面世,更多中文读者将能在丰富而细腻的日常经验中,谛听罗多雷达关于历史与生活的柔声提示——"亲爱的,这就是人生!"

2023 年 2 月 8 日

自序

《钻石广场》开篇的第一句话："朱莉特地来糕点店告诉我，花束舞会开始前，他们会先摇奖抽咖啡壶；她瞧见那些咖啡壶了，它们可漂亮了，白底上画着切成两半的橘子，露出橘子瓣。"写下这段文字的时候，我根本没料到，这部加泰罗尼亚语小说能出这么多版，还被译成了那么多种语言。

动笔写这部小说时，我几乎已经不记得真正的钻石广场是什么模样了。我只记得，十三四岁的时候，每逢一年一度的节日，我就会跟父亲一起走过恩典区的大街小巷。他们会在钻石广场上搭起一座大帐篷。其他广场上也会搭帐篷，但钻石广场上那座我记得最清楚。每次经过那个乐声悠扬的地方，我都想加入跳舞的人群，可我父母不许我跳舞。我就像在炼狱中备受煎熬的灵魂一样，穿过那些充满节日气氛的街道。多年之后，我在日内瓦写下这部小说，或许灵感就源于当年的沮丧感。

我在圣格瓦西区的卡斯赖斯街上土生土长。那是一条又短又窄的小街，当时从帕多瓦街延伸到圣格瓦西河谷。那条街当时叫圣安东街，后来改名为巴黎街，再后来被称为曼努埃尔·安吉伦[1]街，现如今叫卡斯赖斯街。圣格瓦西区离恩典区不远。我之所以知道恩典区，是因为我会跟爷爷一起去特里拉影院、斯玛特影院和孟迪尔影院看午后场电影。我知道圣伊莎贝尔集市，是因为四五岁的时候，某个夏日午后，我曾跟邻居一道，穿过一条叫作欧拉的小溪，去那个集市上买鱼。十六七岁的时候，还有之后很长的一段时间，我经常跟妈妈一起在恩典区的主街上散步。我们会从兰布拉大道[2]走过去，沿着街道往前走，最远走到花园，然后过马路，从对面的人行道走回家。我们只逛不买，看橱窗饱眼福。

恩典区只给我留下了温暖的回忆。如今，那一切都已经很遥远了，但我会怀念地回想起它们，然后就感觉好多了。在许多场合，那些回忆给了我极大的安慰。

我希望跟每一位读者分享那些感受。我很高兴地得知，在成千上万的读者中，有不少人此前从未接触过加泰罗尼亚语读物，而通过阅读这部小说，他们发现加泰罗尼亚语是一门文明、开化而且极为重要的语言。我很高兴，这部描写人性、简简单单的小说得名于恩典区的钻石广场，也很高兴，加泰罗尼亚语

---

[1] 曼努埃尔·安吉伦（Manuel Angelon）：创作了第一部加泰罗尼亚语浪漫剧《梅塞德圣母》（*La Virgen de las Mercede*）。（如无特殊说明，本书脚注均为译者注。）
[2] 兰布拉大道：巴塞罗那著名的林荫大道，以花市和鸟市闻名，因有流浪艺人表演又被称为"流浪者大街"。

伴随这个书名传到了那么多遥远的国度。

我从来都不热衷于写序,也不热衷于聊起我自己(或是我的作品,两者基本上是一回事)。

解释《钻石广场》的起源也许是挺有意思的,但你真的能说清一部小说是怎样成型的,是什么激发了写作灵感,是什么力量促使作者将灵感化为实物,或是开头容易结尾难的艰难写作历程吗?如果我说,写这本书的念头是在日内瓦诞生的,是在我凝望萨雷布山或绕着拉佩尔迪拉克公园散步的时候诞生的,是不是就够了?我想说,是失望促成了《钻石广场》的诞生,这话有一部分是真的。

我曾提交《滨海花园》(*Garden by the Sea*)争夺最后一届马托雷尔文学奖,但评审团并不喜欢它。气愤不已的我心潮难平,重重阻碍总能激起我的写作动力。在自尊心的驱使下,我开始写另一部小说。

有些荒谬的是,我希望这部小说是卡夫卡式[1]的,充斥着卡夫卡的风格——有很多很多的鸽子。我希望鸽子将主人公淹没,让主人公不知所措。就这样,我构思出了后来的《钻石广场》。我坐在一台打字机后面,旁边堆着一叠纸,开始狂热地写作,

---

[1] 卡夫卡式(Kafkaesque):指奥地利德语小说家弗兰茨·卡夫卡(代表作《变形记》)笔下压抑怪诞、噩梦般的世界。

把每一天都当成我这辈子的最后一天。

在写作的时候,我神思恍惚,仿佛神游天外。每天下午,我都会修改早上写的内容,确保自己牢牢地抓住了缰绳,没有信马由缰,也没有在半路上迷失。有些人会说什么"叙事大爆发"(narrative explosions),我搞不懂那是什么意思。写小说是一份需要专注的工作,你必须保持冷静、沉着、自制。

这部小说最初是写关于鸽子的噩梦,后来才改成了《钻石广场》。书里还是有很多鸽子,但意义截然不同。那段时间,我精神高度紧张,写完后甚至恶心想吐。后来,《钻石广场》入围了第一届圣乔治文学奖,但它的命运跟《滨海花园》如出一辙。

这部小说出版后,我的朋友、作家巴尔塔萨尔·波塞尔(Baltasar Porcel)对它赞不绝口,但他说主人公小白鸽"头脑简单"。我认为这个轻率的论断错得离谱。透过孩子的眼睛看世界,始终充满好奇,并不等于"头脑简单",而是恰恰相反。况且,小白鸽在她所处的特定情境下做了她不得不做的事,那些都是必须去做的事。这展示了她与生俱来的天赋,应该得到至高的尊重。我相信,小白鸽比包法利夫人[1]或者安娜·卡列尼娜[2]

---

1 包法利夫人:法国作家福楼拜同名长篇小说的女主人公,一位受过贵族化教育、嫁给乡镇医生的农家女。
2 安娜·卡列尼娜:俄国作家列夫·托尔斯泰同名长篇小说的女主人公,一位追求幸福爱情但遭遇冷漠虚伪的贵族女性。

聪明，但从来没有人形容那两位女士"头脑简单"。或许是因为她们出身富裕家庭，穿着绫罗绸缎，身后还有仆从跟随。虽然我年轻时渴望成为包法利夫人或者安娜·卡列尼娜（更想成为后者），但在创造小说主人公的时候，我还是选择了小白鸽。她和我只有一个共同点，那就是活在世上觉得迷茫。

作家总是在小说中描写物件，例如家具、钟表的指针和钟摆、画作、扶手椅与长沙发的造型和颜色、油灯和普通台灯、富丽堂皇的地毯和华盖。对我影响最深的，要数法国现实主义小说家巴尔扎克、法国意识流小说家普鲁斯特，还有俄国批判现实主义作家列夫·托尔斯泰。物件对叙事非常重要，而且一向如此。早在法国著名作家阿兰·罗伯-格里耶（A. Robbe-Grillet）写出《窥视者》（*Le Voyeur*）之前就是如此。《钻石广场》里出现了许多物件：漏斗、海螺、百货商场里的洋娃娃……对于小白鸽务工的那个大宅里的家具、门铃和门，也有许多细节描写。还有约翰神父送给乔——免得他们手头拮据——的金币，还有楼梯拐角的墙上画的天平。此外，还有一个性的象征，也就是那把刀。在小说的末尾，小白鸽用它在以前住的房子门上刻下了自己的名字。

但《钻石广场》不仅仅描写了物件，更突出了小白鸽的个性。我以前写过一部短篇小说，里面的主人公就是小白鸽的原型。那篇小说叫《影院午后》（*Afternoon at the Movies*），收录于短篇小说集《二十二个故事》（*Twenty-two Stories*）中，是受法国文豪伏尔泰的《老实人》(Candide)的启发而写的。如果伏尔泰没有写《老实人》，《钻石广场》很可能根本就不会问世。那么，爱尔兰作家詹姆斯·乔伊斯对这本书有哪些影响？你或许可以说，这部小说的结语来自《尤利西斯》中那段著名的独白。但我认为，从小说《都柏林人》中的一些故事里寻找《钻石广场》的第二十三章，也就是乔的妈妈去世那一章的灵感来源，也许更确切一些。

如果我没有读过西班牙诗人贝尔纳特·梅奇(Bernat Metge)[1]的作品，就不会让小白鸽描述新婚丈夫的身体。贝尔纳特·梅奇让奥维德(Ovid)描述了他心爱的姑娘带给他的喜悦。那一章名为"描写姑娘"(Description of the Lass)，从形式到用词都完美无缺。那短短的几页是世界文学界的瑰宝。贝尔纳特·梅奇笔下的"描写姑娘"启发我写出了"描写小伙"(Description of the Lad)。这里的"小伙"指的是乔，读者将在小说第八章中读到那段文字。我要感谢贝尔纳特·梅奇，因为他给予我的馈赠超乎我的想象。我要为自己的借鉴向他致以最诚挚的歉意。

不得不承认，我还受到了其他很多方面的影响——我读过的所有的东西，以《圣经》为主。我想宣称《钻石广场》是一

---

[1] 贝尔纳特·梅奇(Bernat Metge)：著有《他的梦》(Lo Somni, 1399)。在这部人文主义的作品中，梅奇书写了女性的罪孽与美德，并对一位美丽少女进行了极为详细、极尽官能的身体描写。——原注

部关于爱的小说，因为有人说它不是。很多小说的主题都是爱，从最超凡脱俗、富于骑士精神的爱，到最彰显肉欲的爱。后者的代表是一部被说滥了的小说，作者是伟大作家D.H.劳伦斯，人们对那部小说发表过各式各样的评论。没错，我说的就是《查泰莱夫人的情人》(*Lady Chatterley's Lover*)。但在关于爱的故事中，最富于柔情、最微妙的要数《神曲·地狱篇》第五歌中弗兰切斯卡·达·里米尼（Francesca da Rimini）的故事。故事开始于下面这几行美妙的诗句。

> 我诞生的那片土地
> 坐落在海滨，
> 波河及其支流倾泻入海，
> 随即变得波平如镜。[1]

尤利西斯的爱，不是对忠贞不渝的妻子潘奈洛佩的爱，也不是对邻国公主瑙西卡的爱，而是对冒险的热爱。在《神曲·地狱篇》第二十六歌中，但丁让尤利西斯跟四名年老力衰的朋友一起，乘坐一叶破烂的扁舟，踏上了最后的冒险——死亡的冒险。

---

[1] 此处诗句引自黄文捷所译的《神曲·地狱篇》，译林出版社，2005年版。

> 无论是对儿子的慈爱，
>
> 对老父的孝心，
>
> 或是娇妻潘奈洛佩
>
> 应得的爱恋，
>
> 都无法战胜我
>
> 遍览人世善恶的热忱。[1]

除了《圣经》和但丁的《神曲》，给我留下最深印象的作品还有《荷马史诗》。

我想重申一遍，《钻石广场》首先是一部关于爱的小说，虽然它并不太多愁善感。因为有人不愿承认，这让我备感痛苦。小白鸽走出过去的阴影，在黎明时分走进家中，搂住她的第二任丈夫——那个救她脱离苦海的男人，那就是深情款款的一幕。"我想，我不想让他死在我眼皮底下。"然后，她用手指堵住了他的肚脐眼，这么一来，"就没有哪个巫婆能从肚脐眼把他吸干，把我的安东尼从我身边带走了"。小说的最后两个字是"幸福"，这绝非偶然。我选择这个词绝不是一时兴起。它暗示着，尽管生活充满悲伤，但一点点小幸福就能救人一命。比如，几只小鸟。"每个水洼，不管多小，里面都倒映着一小片天空……

---

[1] 此处诗句参考黄文捷与王维克的《神曲》译本，对照英文版略有改动。

时不时有鸟儿惊扰那片天空……口渴的鸟儿低头喝水，嘴尖滴下水珠，惊扰了那片天空，自己还不知道……要么就是，几只鸟儿像闪电似的，叽叽喳喳地叫着飞离枝头，俯冲下来，跳进水洼洗个澡，倒腾羽毛，抹掉泥点，尖嘴和翅膀在那片天空里搅成一团。好幸福……"

如今，《钻石广场》对我来说已是遥远的回忆，我觉得自己似乎根本没写过这本书。那时的记忆已经遥不可及。此时此刻，在即将结束这篇序言的时候，我心中牵挂着我的花园。我淡粉色的李树和玫红色的紫薇树正含苞待放。北风渐起，朝它们袭来。我得去瞧瞧风儿和花儿怎么样了。

梅尔赛·罗多雷达

Romanyà de la Selva，1982 年

钻石广场

一

朱莉特地来糕点店告诉我，花束舞会开始前，他们会先摇奖抽咖啡壶；她瞧见那些咖啡壶了，它们可漂亮，白底上画着切成两半的橘子，露出橘子瓣。我一点儿也不想去跳舞，连门都不想出。卖了一整天糕点，拿金绳子捆呀、扎呀，磨得我手指头都疼了。况且我知道，朱莉每天睡三个钟头就够了，哪怕不睡都行。可她说什么都要我一起去，我就只好去了。要是有人叫我做什么，我是很难说"不"的。我从头到脚穿得一身白：上了浆的裙子和衬裙，牛奶色的鞋子，白得像面团的耳环，跟耳环配套的三重手镯，还有白色手提包，包的搭扣好像金贝壳。朱莉说那包是人造革的。

我们来到广场的时候，乐手们已经开始奏乐了。广场上空装饰着花朵和五颜六色的彩带，那些彩带是拿彩纸和鲜花穿成的。就连灯泡上也缠了花，广场上空就像一把翻过来的雨伞，每条彩带都连着最高处，垂向四面八方。衬裙的松紧带勒得有点儿太紧了，我费了好大的劲儿，拿发卡把松紧带别住，才把小扣子塞进棉布纽襻里，都能想象出腰上勒出的红印子。只要动作大点儿，喘气猛点儿，松紧带就会勒进肉里。乐手们奏乐的高台周围摆了一圈卷柏盆栽，就像护栏似的，枝条上绑着装饰用的假花。乐手们个个衬衫笔挺，热得满头大汗。我妈妈早些年就过世了，没法在旁边提点我。爸爸再婚了，娶了新太太。一心只为照顾我的妈妈不在了，爸爸又娶了新人进门。我一个小姑娘，年纪轻轻的，孤零零地站在钻石广场上，等着他们开始摇奖抽咖啡壶。朱莉在旁边大声嚷嚷，想盖过音乐声："别乱转了，不然你要犯晕了！"我痴痴地盯着缠了鲜花的灯泡，用糨糊粘住的彩带，还有欢乐舞动的人群。我正看得入神呢，突然耳边传来一个声音："想跳舞吗？"

我想也没想，就脱口而出"我不会"，说完转过身去，才发现有张脸凑得好近，压根儿看不清模样，只知道是个年轻小伙。他说："没事的，我会跳，一下子就能教会你。"我想起了可怜的皮特，他正系着白围裙，在哥伦布饭店的地下室里烧菜呢，便愣愣地说："要是我未婚夫知道了怎么办？"

那小伙子凑得更近了，哈哈大笑："你年纪这么小，就有未婚夫了呀？"他笑起来的时候，两片嘴唇咧开，露出一口白牙。他有一双小眼睛，像猴子一样机灵，穿着带蓝条纹的白衬衫，衣领敞开，汗水打湿了胳肢窝。突然，他转过身去，踮起脚尖张望，接着又转过身来，左看看、右瞧瞧，说了声"抱歉"，然后大吼起来:"嘿!有谁瞧见我的外套了吗?就在乐手旁边的椅子上!嘿!"他说有人偷了他的外套,他马上就回来,希望我能等一等。他开始喊人:"厄尼!厄尼!"

朱莉一身黄底绿花的连衣裙,不知从哪儿冒了出来,对我说:"快挡着我,我得赶紧把鞋脱了……真是一步也跳不动了……"我告诉她,我不能挪地方,因为有个年轻人去找外套了,他想跟我跳舞,叫我在这儿等他。朱莉说:"你跳吧,跳吧……"天气真热,孩子们在街角放爆竹。地上到处是西瓜子,广场的角落里堆满了果皮和空啤酒瓶,孩子们在屋顶的天台和阳台上放爆竹。我能看见一张张汗津津的脸,男孩们在掏手帕抹脸。乐手们欢快地摇摆着。一切都像舞台上的场景。接着,斗牛舞开始了。我一会儿朝前冲,一会儿往后退。他似乎离我好远,但其实凑得很近,在我耳边低语:"瞧你跳得多棒啊!"一股浓重的汗味混着古龙水的香味飘了过来,我跟他四目相对,看着他猴子似的亮晶晶的眼睛,还有徽章似的圆溜溜的小耳朵。衬裙的松紧带勒进了我的腰里,加上我妈妈走得早,不在身边,没法提点我,因为我告诉他,我男朋友是哥伦布饭店的厨子。他笑着说,那家伙真可怜,因为不出一年,我就会变成他太太,他的宝贝儿,我们还要在钻石广场上跳舞赢花束。

他说:"我的宝贝儿。"

他还说,不出一年,我就会变成他太太,可我都没好好瞅过他一眼。等我好好瞅了他一眼,他又说:"别那样盯着我,不然我会被迷晕的。"就在这个时候,我告诉他,他的眼睛好像小猴子。他哈哈大笑,笑得眼泪都出来了。腰里的松紧带像刀子一样勒疼了我,乐手们还在那儿"嘀哩哩,嗒啦啦"地奏着乐。朱莉不知跑哪儿去了,就那么消失不见了。而他的双眼凝视着我,仿佛里面装着整个世界,我怎么也逃脱不了。天黑了,大熊星座亮了起来,舞会还在继续。在舞会上赢了花束的蓝衣姑娘在旋转,转呀,转呀……我妈妈躺在圣格瓦西区的墓地里,我却在钻石广场上……他们在卖甜食吗?在卖浇了蜂蜜和糖浆的水果吗?乐手们累了,把乐器收进匣子里,接着又取了出来,因为有个邻居掏了钱,请他们再拉一曲华尔兹。人们像陀螺一样转个不停。跳完华尔兹,人群渐渐散开。我说我把朱莉弄丢了,他说他也找不到厄尼了。他还说:"等大家都回去了,街上空荡荡的,只剩我们俩的时候,我要跟你在钻石广场上跳一支黎明华尔兹……转呀,转呀……小白鸽。"我惊讶地看着他,告诉他,我叫娜塔莉亚。我说我叫娜塔莉亚的时候,他又笑了起来,说只有一个名字配得上我,那就是小白鸽。这时,我拔腿就跑,他在后面追:"别怕呀……你就不知道,你不能一个人在街上走,因为别人会把你从我身边偷走的。"说着,他一把拽住我的胳膊,"小白鸽,你就不知道别人会把你偷走吗?"我妈妈走得早,我孤零零一个人,松紧带勒进了腰里,像铁丝一样把我绑在了卷柏的枝条上。

接着,我又跑了起来,他在后面紧追不舍。街边的店铺都拉上了卷帘门，遮住了橱窗里的摆设，那些墨水瓶、吸水纸和明信片、洋娃娃和衣服、铝锅和针织品……我们跑到了主街上，我在前面跑呀跑，他在后面追呀追，两个人都跑得飞快。直到好多年以后，他还会说起那天的事："小白鸽呀，我在钻石广场遇见她的那天，她逃得真叫一个快。就在电车站前头，她的衬裙掉到了地上！"

棉布纽襻断了，我的衬裙掉了下来。我从中间蹦过去，差点绊倒，然后飞也似的逃走了，就像地狱里所有魔鬼都在后面追似的。回到家里，我摸黑倒在了床上，像块石头似的，倒在了我从小睡到大的黄铜床上。我好难为情。等缓过劲儿来，我才蹬掉鞋子，解开头发。直到好多年以后，乔还会说起那天的事，就像发生在昨天一样：她的松紧带断了，她跑得跟一阵风似的……

二

一切都是那么不可思议。我穿了件暗红色的连衣裙，就天气来说略显单薄，冻起了一身鸡皮疙瘩。我在街角等乔。闲逛了一会儿后，我发现有人在一扇卷帘百叶窗后面打量我，因为卷帘后面有动静。乔跟我约好在古埃尔公园旁边见面。一个小孩从公园大门里走出来，腰上别着一把小手枪，擦着我的裙边跑了过去，装作开枪的样子，嘴里喊着："砰——砰！"

卷帘被拉了起来，窗户开了，露出个穿睡衣的小伙子。他从齿缝里发出"咝咝"的声音，又勾了勾手指，示意我过去。为了确保没会错意，我看着他，指了指自己的胸口，小声问："叫我吗？"他听不清，但看懂了我的意思，就点了点头。他的脸看起来帅极了。我穿过马路，走到他那边。我刚走到阳台底下，那小伙子就说："进来吧，咱们一起睡个觉。"

我一下子涨红了脸，气冲冲地走开了，特别生自己的气。我又气又恼，因为能感觉到那个小伙子在盯着我的屁股瞧。他的视线仿佛能穿透我的衣服,直接看见我的皮肤。我换了个地方站着,这样那个小伙子就看不见我了。可我担心,要是这样躲着、藏着,乔会看不见我。我在想,糕点店里现在怎么样了。这是我们第一次在公园见面,我一早上都在想下午的约会,做了不少傻事,因为我只顾胡思乱想,手都不知该往哪儿放了。乔原本说好是三点半,可直到四点半他才出现。不过,我什么也没说,因为我想大概是我听错了,是我搞错了。况且,他连一句道歉的话也没说……我不敢告诉他,我的脚疼得要命,因为穿皮鞋站得太久,鞋子里面都发烫了。也不敢告诉他,刚才有个小伙子调戏我。我们开始沿着山坡往上走,路上一句话也没说。等到了山顶上,我已经不觉得冷了,鸡皮疙瘩没了,皮肤也像平常一样滑溜了。我跟乔说过,我会跟皮特分手,这样咱俩就没问题了。我们坐在偏僻角落里的一条石凳上,在两棵枝繁叶茂的大树中间。有只乌鸦时不时地从我们头顶掠过,从一棵树飞到另一棵树上,叽叽喳喳地低声叫着,声音沙哑。我们有一段时间看不见它,直到它又从某棵树底下飞出来。不过,在它那样飞来飞去的时候,我们的心思在别的地方。我拿眼角的余光瞥乔,见他盯着远处的小房子。最后,他问我:"你不觉得那只鸟有点吓人吗?"

我说,我其实还挺喜欢那只鸟的。他说,他妈妈总说,黑鸟不吉利,就连乌鸦也是。从在钻石广场遇见他的那天起,每次我们见面,乔都会凑得很近,问我会不会跟皮特分手。现在他没问我，我也没想好怎么告诉他，我已经告诉皮特"一切都结束了"。这么做让我很难过，因为皮特看起来像一根被吹灭的火柴。每次想起跟皮特分手的情景，我都会觉得难过，觉得我大概是做错了。虽然我表现得挺自然，可一想起皮特的表情，我就会特别难受，就像推开了一扇通往蝎子窝的门，那些蝎子钻进了我一向平静的心里。它们以我的痛苦为食，让我的心痛苦难熬。毒液顺着血管流遍我的全身，把我浑身上下的血都变成了黑色。因为皮特的声音哽住了，眼睛泪汪汪的，说我毁了他，害他变得连垃圾都不如。乔一边盯着那只乌鸦，一边说起了高迪先生[1]。他说，他老爸是在高迪被电车撞倒的那天遇见高迪的，还跟另外几个人一起把他送去了医院。可怜的高迪先生，多好的一个人啊，死得可真惨……世上没有什么比得过古埃尔公园、神圣家族教堂，还有米拉之家的波浪形阳台。我说，它们是还不错，可我觉得，波浪和尖顶实在是太多了。乔伸手猛地敲了一下我的膝盖，害得我的小腿不自觉地踢了起来。他说，要是我想做他太太，就得喜欢他喜欢的东西。他对我说教了一番，说起了男人、女人和男女各自的权利。等我好不容易能插上话了，就问他："要是我一点儿都不喜欢那东西怎么办？"

---

[1] 安东尼奥·高迪：西班牙建筑师，巴塞罗那建筑史上最前卫、最疯狂的艺术家，风格奇特怪诞。本文提到的古埃尔公园、神圣家族教堂、米拉之家均为其代表作。

"你必须得喜欢，反正你也不懂。"

接着，他又对我说教了一番，讲了一长串。他说起了他家里各种各样的人：他的爸爸妈妈，某个有座小礼拜堂和祈祷凳的叔叔，他的爷爷奶奶、外公外婆，还有几个阿姨在费尔南多与伊莎贝尔修道院做修女。照他的说法，是费尔南多和伊莎贝尔那对信奉天主教的君主引我们走上了正道。

接着，他说："可怜的玛利亚……"因为他总把话混在一起说，起初我没听明白。然后，他又提起了费尔南多与伊莎贝尔修道院的修女，还说也许我们很快就能结婚了，因为他的两个朋友正帮我们找房子呢。而且，他会给我打家具，我一看见就会被迷晕的，因为他这个木匠可不是光说不练的。他就像耶稣的父亲、木匠约瑟夫一样，而我就像耶稣的母亲、圣母玛利亚一样。

他兴致勃勃地说呀，说呀，可我还在琢磨，他说的"可怜的玛利亚"是什么意思。不过，我的思绪很快就飘远了，跟天暗下去的速度一样快。那只乌鸦还在从一棵树飞到另一棵树上，然后从树荫底下钻出来，就像天上有很多只乌鸦在飞来飞去似的。

"我会拿柚木打个衣橱，足够咱们两个人用的，半边搁你的衣服，半边搁我的衣服。等给家里配齐了家具，我就给宝宝做个婴儿床。"

他告诉我，他还没想好要几个孩子。他这人总喜欢从一件事跳到另一件事。太阳落山了，没了阳光，树影就变成了蓝色，看上去很不可思议。乔说起了木材，各种各样的木材，还有可以拿蓝花楹木、桃花心木、橡木、栎木做些什么……我记得清清楚楚，一辈子都忘不了，因为就在这个时候，他吻了我。他吻我的那一刻，我看见天主在天堂之上，藏在翻滚的云彩深处，裹着一件橘黄色的袍子，有一侧已经褪了色。他张开长长的胳膊，抓住云彩的边缘，把自己裹了进去，就像把自己关进衣橱似的。

"我们今天不该来的。"

说着，他又吻了我。整个天空都被雾气遮住了。我看见大片的云彩渐渐飘走，小块的云朵冒了出来，追在大片翻滚的云彩后面。乔尝起来像加了牛奶的咖啡。接着，他大叫起来："公园要关门了！"

"你怎么知道的？"

"你没听见吹哨了吗？"

我们站起来，那只乌鸫受了惊，扑棱着翅膀飞走了，微风吹鼓了我的裙摆……我们沿着一条又一条小道下了山。有个姑娘坐在瓷砖砌成的长椅上抠鼻孔，抠完就蹭在椅背的八角星图案上。我告诉乔，她的裙子跟我的一个颜色，他没吭声。等我们走到大街上，我对乔说："瞧，别人还在往里走呢……"他说，别担心，他们很快就会被赶出来的。我们沿着附近的街道往前走，我正要告诉他"对了，我跟皮特分手了"，他突然停下脚步，站在我跟前，抓住我的胳膊，直勾勾地盯着我，仿佛我做了什么坏事："可怜的玛利亚……"

我差点说出口：别担心，告诉我，玛利亚怎么了？可我不敢。他松开我的胳膊，继续跟我并排走，跟我一起下了坡，走到对角线大道[1]和格拉西亚大道的交叉口，然后开始在另一个街区闲逛。我的脚疼得一步都走不动了。逛了半个钟头，他又停下来，抓住我的胳膊，这次是在路灯底下。我还以为他又要说"可怜的玛利亚"了呢，便屏住了呼吸等他开口，他却低吼起来："要是我们没那么快下山，离开那只乌鸦和其他玩意儿，天知道会发生什么事！不过别担心，总有一天我会抓牢你，快得你都反应不过来！"

我们绕着房子走呀走，一直逛到晚上八点，一句话也没说，仿佛我俩天生就是哑巴。等到只剩我一个人的时候，我抬头望向黑漆漆的天空，一切都是那么不可思议……

---

1 对角线大道：巴塞罗那的一条重要街道，因从东南到西北将城市切割为两部分而得名。

三

我没料到乔那天会来，他却出现在了街角，真是惊喜！

"我希望你别给那个糕点师傅做事了！我听说，他老跟在店里姑娘的屁股后头。"

我浑身发抖，让他别大喊大叫，说没有正当理由，我不能说不干就不干，那也太没礼貌了，那个可怜的家伙从来没有对我说过重话。况且，我喜欢卖糕点，要是他逼我不干了，我又能做什么呢？他说，有个阴天的下午，他趁我工作的时候来看我。我帮客人从右边的橱窗里挑巧克力的时候，糕点师傅的眼睛不是盯着我，而是盯着我的屁股。我叫他别犯傻了，要是他不相信我，我们最好还是分手吧。

"我当然相信你，可我不想那个糕点师傅吃你豆腐。"

"你疯了吧！"我对他说，"他一心只想做生意！你明白吗？"

我气极了，脸涨得通红。他掐住我的脖子，狠狠地摇晃我的脑袋。我叫他赶紧放开，不然我就喊警察了。在那之后，我们整整三个星期没见面。我开始后悔跟皮特分手了，因为说到底，皮特是个好小伙子，也是个热爱工作的好工人，从来没对我动过手。就在这个时候，乔又出现了。他看起来相当冷静，两只手插在口袋里，见到我说的第一句话就是："可怜的玛利亚，就是因为你，才被打发走了……"

我们沿着兰布拉大道走到了主街。他在一家堆满麻袋的杂货店门口停了下来，伸手插进一袋鸟饲料里，说："多可爱的谷子啊……"然后，我们接着往前走。他手里抓了一把谷子，趁我没注意，塞进了我的后脖颈。他在服装店的橱窗前拽住了我："瞧见了吗？等我们结了婚，我会给你买些围裙。"我说，它们看起来像救济所的人穿的。他说，他妈妈以前常穿我这样的。我说，我才不管，我不穿，因为它们看着破破烂烂的。

他说要带我去见他妈妈，他已经跟她说了我的事，他妈妈想亲眼瞧瞧儿子选的姑娘。那个星期天，我们就去见她了。她自己一个人住。乔住在旅馆里，免得给她添麻烦。他说，这让他们母子的关系好多了，因为他俩处得不怎么样。他妈妈住在一栋小房子里，就在搞新闻的那条街上。在她阳台的走廊上能看见大海，还有海上不时升起的薄雾。她是一位很在意外表的女士，为自己一头精致的小鬈发而骄傲。她家里到处是丝带和蝴蝶结。乔跟我提过那些小玩意儿。她床头上方的基督像上就系着个蝴蝶结。那是一张黑色的桃花心木床，上面摆了两张床垫，铺着带红褶边的奶油色羽绒被，上面绣着红玫瑰。她床头柜的钥匙上系着丝带，五斗橱的每只抽屉的把手上都系了丝带，每把开门的钥匙上也都系着丝带。

"看得出，您很喜欢丝带和蝴蝶结。"我说。

"没有丝带的家算什么样子。"

她问我喜不喜欢卖糕点，我说挺喜欢的，特别喜欢用剪刀尖把绳尾卷起来。我一直盼着快点过节，这样我就能扎很多纸包，还能听见收银机和门铃的叮当响。

"我可不信。"她说。

下午晚些时候，乔把手肘伸给我，说："咱们走吧。"

我们走到玄关，他妈妈问我："你也喜欢做家务吗？"

"是的，夫人，我挺喜欢的。"

"那就好。"

说完，她叫我们稍等，回屋取来一串黑色的玫瑰念珠，送给我当礼物。我们走出一段路后，乔说，我已经完全赢得了她的欢心。

"你们俩单独在厨房的时候，她跟你说了什么？"

"她说，你是个棒小伙。"

"我一猜就是。"

他说这话的时候，低头盯着地面，踢开了一颗小石子。我告诉他，我不知该拿那串玫瑰念珠怎么办。他叫我放进抽屉里，也许以后能派上用场。他说："你永远都不该扔东西。"

他在我胳膊底下掐了一把。我伸手去揉，因为他真的掐得好重。就在这时，他问我还记不记得某件事，然后又说，他很快就会买辆摩托车，那会很适合我们，因为等我们结了婚，就要骑车跑遍全国，我坐在摩托车的后座。他问我有没有坐过小伙子的摩托车后座，我说从来没有过，而且我觉得那看起来很危险。他开心得像只云雀，说："啊，亲爱的，小菜一碟啦！"

我们去纪念斗牛场那边喝东西，吃八爪鱼。他在那里遇见了厄尼。厄尼有双大大的牛眼，嘴巴稍稍有点儿歪。厄尼说，他在蒙特塞尼山附近找到了一间公寓，租金便宜，就是有点儿破，因为房东懒得修，新租户得自己弄。那是一间阁楼公寓，我们喜欢这个叫法。厄尼说到屋顶的天台也归我们的时候，我们就更满意了。屋顶的天台完全归我们，是因为一楼的邻居有个院子，二楼的邻居有一道又长又陡的楼梯，直通带鸡舍和洗衣房的小花园。乔兴奋极了，叫厄尼务必拿下那间公寓。厄尼说，他明天会跟马修一起去看房，我们也该一起去。乔问他知不知道哪里有卖二手摩托车的，因为厄尼在叔叔的修车厂干活。厄尼说他会留意的。他们聊呀，聊呀，就跟我不存在似的。我妈妈从来没跟我说过男人的事，她跟我爸先是吵了很多年的架，接下来很多年又是一句话都不说。每个星期天的下午，他们都会坐在饭厅里，不跟对方说一句话。妈妈过世以后，家里更没人说话了。又过了几年，我爸娶了新人进门，我在家里就没了依靠。我活得像只猫，跟没头苍蝇似的乱转。开心的时候尾巴翘上天，难过的时候尾巴拖着地，该吃饭的时候就吃饭，该睡觉的时候就睡觉，只不过猫不用干活儿。我们住在一栋不说话的房子里，我发现脑子里冒出的东西让我害怕，因为我不知道那些念头是什么引起的。

我们在电车站前道别的时候，我听见厄尼说："真不知你是从哪里找到她的，可得抓牢了啊……"我听见乔的笑声："哈哈哈……"

我把玫瑰念珠搁在床头柜上，走到窗口去看楼下的花园。邻居的儿子是当兵的，最近休假在家，正在花园里乘凉。我揉了个纸团，朝他扔过去，然后闪身躲了起来。

四

"我觉得你该早点结婚。你需要一个丈夫,需要一个自己的家。"

恩瑞奎塔太太总能给我忠告。她在斯玛特影院隔壁的街角卖小吃糊口,冬天卖烤栗子和烤红薯,夏天卖炒花生和炒杏仁。每当我们坐在装了玻璃窗的阳台底下时,她都会坐在我对面,有时候撸起袖子,有时候放下袖子。撸起袖子的时候,她一句话也不说,但一放下袖子,她就会滔滔不绝地说个没完。她个头高高的,鲛鳢鱼似的大嘴,鼻子像冰激凌蛋筒一样尖,不管冬天还是夏天,总穿白色长筒袜配黑鞋,整个人清清爽爽,特爱喝咖啡。她有一幅画,拿红黄相间的绳子挂在墙上。画上全是戴金冠的龙虾,长着男人的脸,女人的头发,从坑里爬出来,爬上棕黄的草丛。远处的大海和头顶的天空都是牛血一样的深红色。那些身披铁甲的龙虾挥动着尾巴,你来我往,杀得不亦乐乎。外面下着雨,毛毛细雨落在屋顶的天台、街道、花园和海面上，就像大海里的水还不够多似的。也许大山会更需要水。正午才刚过，可我们几乎看不见大山。雨滴在晾衣服的铁丝上你追我赶，时不时落下来一滴。在落下之前，水滴会越拉越长，似乎舍不得放手。已经下了一个星期的雨，淅淅沥沥的，不大也不小，压得低低的云彩里蓄满了水，拖着肿胀的肚皮飘过屋顶的天台。我们在看雨。

"我觉得乔比皮特更适合你。乔自己做生意，皮特要听人使唤。乔脑子更活络，更有上进心。"

"可他有时候会叹气，念叨'可怜的玛利亚'……"

"但他要娶的人是你，对吧？"

我的鞋子湿透了，脚都快冻僵了，脑门儿则热得发烫。我告诉恩瑞奎塔太太，乔想买辆摩托车。她说，那说明他这人挺时髦。恩瑞奎塔太太跟我一起去买了做新娘礼服的料子。我说起我们可能会在她家附近租房子，她开心极了。

公寓里的样子糟透了。厨房里有股蟑螂的臭味，我发现了一窝细长的虫卵，颜色很像太妃糖。乔说，最好看看周围，因为只要瞧见一只蟑螂，旁边就会有一大窝。饭厅里贴着条纹墙纸，上面有小圈圈图案。乔说他想要苹果绿的墙纸，婴儿房的墙纸要奶油色的，画着很多小丑的那种，还要一间全新的厨房。他叫厄尼转告马修，他要见马修。每个星期天的下午，我们都会去公寓干活儿。马修着手拆厨房。我们还找了个工人，他裤子上补丁摞补丁，帮忙把砖头、瓦砾拖出去，倒进一辆停在街上的小车。那人把楼梯弄得一团糟。二楼的邻居推门出来,说我们应该在走之前打扫干净,因为她可不想滑倒摔断腿……乔老是说,别人可能会偷走我们的小车。

我们帮厄尼泼湿饭厅的墙,把墙纸铲下来。辛苦忙活了好一阵子,我们才发现乔不见了。厄尼说,乔只要偷懒不想干活儿,就会像鳗鱼那么滑溜。我走进厨房去喝水,看见马修的衬衫背后全湿了。他每次抡起锤头砸凿子,沾满汗水的脸都会闪闪发光。喝完水,我接着铲墙纸。厄尼说,乔回来以后只会一笑了之,而且肯定很晚才会回来。铲墙纸的活儿很辛苦,要先铲掉一层,再铲下一层,总共有五层。等到天黑了,我们都洗手收工了,乔才回来。他说他帮工人把碎石头装上车的时候,正好有个老主顾经过……厄尼说:"我猜,时间不知不觉就过去了,是吧?"乔没理会他,只说活儿比他原本想象的多,不过我们能想法子搞定。我们正要下楼的时候,马修说,他们会给我弄个漂漂亮亮的厨房,配得上王后用。乔决定上屋顶的天台去瞧瞧。屋顶上小风呼呼的,能看见很多别家的天台,只可惜二楼公寓的飘窗挡住了我们的视线,看不见街道。然后,我们就走了。在两层楼中间的楼梯拐角处,墙上画满了粉笔画,有好多名字和火柴小人。中间是一架天平,画得活灵活现,线条深深嵌进了墙里,就像用凿子凿出来的。天平一边的托盘比另一边稍微低一些。我伸出手指,沿着一只托盘的边描摹。然后,我们去喝东西,吃八爪鱼。那个星期还没过完,我们就又吵了一架，因为乔还是惦记着那个糕点师傅。

他大吼："要是再看见他盯着你屁股，我就冲进去，给他点颜色瞧瞧！"接下来好几天，他都没露面。等他再来找我的时候，我问他是不是想通了。他像公鸡似的梗着脖子，说我要好好解释一下，因为他看见我跟皮特出去了。我说他肯定是看错了，把别的姑娘当成我了。他说那就是我。我发誓说不是，可他一口咬定说就是。起初，我还轻声细气地好好说，可他就是不信，于是我的声音变得越来越尖。他见我都要尖叫了，就说女人全是疯子，全是垃圾。我问他是在哪里看见我跟皮特的。

"街上。"

"哪条街上？"

"就是街上。"

"哪条街啊？你倒是说呀，哪条街啊？"

他气冲冲地走了。那天，我一晚上没睡。第二天早上，他又来找我，要我保证再也不跟皮特出去，并把所有的事全了结了，他就再也不跟我发脾气了。我说，行啊，我再也不跟皮特出去了。他非但不高兴，反倒勃然大怒，说他最讨厌别人说谎，因为他设了个陷阱，我就像耗子一样钻进去了。他还说，我应该求他原谅，因为我跟皮特出去散步了。我说我没有，可最后他让我相信我有，还叫我跪下。

"在大街上？"

"心里想着跪下。"

他让我在心里想着跪下,求他原谅,因为我跟皮特出去散步了。噢,可怜的皮特,自从我俩分了手,我就再也没见过他。那个星期天,我又去铲墙纸。直到我们把活儿都干完了,乔才过来,因为他忙着做别人订的一件家具。马修差不多把厨房弄好了,再有一个下午就能完工了。白色的瓷砖已经贴到了腰那么高,炉灶上面的瓷砖闪闪发光。马修说,他把厂里所有的瓷砖都搬来了,这是他送给我们的结婚礼物。说完,他拥抱了乔。长了一双迷人牛眼的厄尼正忙着洗手。我们一起出去喝东西,吃八爪鱼。厄尼说,如果我们需要戒指,他认识一个珠宝商,能给我们打折。马修说,他也认识一个人,能半价卖给我们。

"真不知你是咋办到的。"乔说。

金发碧眼的马修笑得开心极了,先看了看乔,又看了看我:"咱有本事嘛。"

五

棕枝节[1]前一天晚上,我爸问我们打算什么时候结婚。问这话的时候,他穿着一双磨秃了跟的鞋子,朝饭厅走去。我说,还不知道呢,要先等我们把公寓弄好。

"那还要多久?"

我告诉他,我也说不好,因为得看要装修多久。起码有五层墙纸要铲,乔想铲得干干净净,因为他希望一切完美无缺,最好能用上一辈子。

"叫他星期天中午来吃饭。"

我说给乔听,他气得跳脚。

"我之前去找他,向你求婚。他想打我,说我已经是第三个

---

[1] 棕枝节(Palm Sunday):复活节前的那个星期天,纪念主耶稣得胜骑驴进耶路撒冷,受到群众手持棕树枝夹道欢迎。

了，不知会不会是最后一个，真是气死个人。现在，他又请我星期天中午去吃饭？等咱俩结了婚再说吧。"

我们去领降福。街上的男孩拿着编成辫子的棕榈叶，女孩拿着小棕榈叶，男孩、女孩们都拿着玩具响板，有些挥着木头锤子，敲打画在墙上、地上、铁皮罐头上、旧水桶上和其他地方的犹太人。我们走到约瑟佩斯教堂的时候，大家都在欢呼。马修跟我们一起走，怀里抱着女儿。那小姑娘漂亮得像朵花儿，马修小心翼翼地护着她，也像捧着一束花。小姑娘一头可爱的鬈发，蓝眼睛跟她爸爸一模一样，只可惜从来不笑。她手里紧紧抓着一片棕榈叶，里面装了浇糖浆的樱桃，马修帮她扶着。另外一个爸爸抱着一个小男孩，小男孩手里抓着一片白色的小棕榈叶，上面系着用蓝丝带打的蝴蝶结，点缀着闪闪发光的小星星。人群推来搡去，两个爸爸不知不觉被挤到了一起。小男孩开始抢马修女儿棕榈叶上的樱桃，等我们反应过来，叶子里的樱桃已经少了一半。

我们去乔的妈妈家吃午饭。桌上放了个小盒子，里面摆着好几把系红丝带的小棕树枝，还有不少扎天蓝色丝带的小棕榈叶。她说，为了让客人们高兴，她每年都这么做。她送给我一根系红丝带的小棕树枝，因为我说我去领了棕枝节的降福。有个太太穿过花园走了进来，乔的妈妈给我们做了介绍。她是乔的妈妈请来吃饭的邻居，因为她刚跟丈夫吵了一架。

我们开始吃午饭，乔说要加盐。他妈妈抬起头，眼神锐利地瞥了他一眼，说她烧菜总是放很多盐。乔说，今天吃起来没味道。邻居太太说，她觉得不咸不淡，味道刚刚好。可乔说，简直淡得没法再淡了。他妈妈僵硬地起身，走进厨房，拿来一只兔子形状的盐罐，盐是从兔耳朵里撒出来的。她把盐罐摆在桌上，气冲冲地说："盐。"乔没往自己盘子里撒盐，而是絮叨起来，说我们都是盐做的，因为那女人不听丈夫的话，丈夫叫她笔直往前走，她却突然回过头去。[1]他妈妈叫他别说了，好好吃饭。乔却问邻居太太："是不是？那女人是不是不该回头？"邻居太太细嚼慢咽地吃着菜，说不懂他在说什么。

乔骂了句"净鬼扯"，就闭嘴不说了，开始往自己的盘子里狂撒盐，然后对他妈妈说："瞧呀，瞧见了吗？菜里一点盐都没有。你成天忙着打蝴蝶结，怎么就不记得放盐？"我站在他妈妈那一边，说她放了盐。邻居太太也说，她不喜欢菜太咸。乔说，他现在明白是怎么回事了，他妈妈没放盐是为了讨好她，可烧菜讨好邻居是一码事，让儿子相信她放了盐，就是另外一码事了。说完，他不停地往盘子里撒盐。他妈妈在胸前画了个"十"字。等乔觉得撒够了，才把盐罐放回桌上，接着说盐的事。他说："大家都知道魔鬼……"他妈妈叫他别唠叨了，可

---

[1] 此处是《圣经·旧约》中的一个故事，所多玛城因居民罪孽深重被上帝焚毁，罗得带领妻女逃离该城，其妻不听劝告回头观望，立刻变成了一根盐柱。

他还是说个没完,说魔鬼创造了糖尿病人,糖尿病人是糖做的,魔鬼这么做完全是为了让人不爽。他还说,我们全是盐、汗和眼泪做的……他对我说:"舔舔你的手,尝尝是啥味道。"然后,他又开始说魔鬼。邻居太太说:"猜你还是个相信有魔鬼的小屁孩吧?"乔的妈妈叫他闭嘴。这时候,我们都已经吃了一半了,乔还没吃上一口。他说,魔鬼是上帝的影子,跟上帝一样无处不在,在植物里,在大山上,在屋外面,在大街上,在屋子里,在地面上,在地底下。他会扮成一只大头黑苍蝇,浑身闪着红光、蓝光,嗡嗡叫着飞来飞去。扮大头苍蝇的时候,他会大口大口地吃垃圾,还有垃圾堆顶上腐烂的死畜生。说完,他推开盘子,说他不饿,只想吃饭后甜点。

下一个星期天,他来我家吃午饭,给我爸带了雪茄做礼物,给我带了一条长长的奶油蛋糕卷。吃饭的时候,乔一直在说木头,说有些木头比别的木头耐用。饭后喝咖啡的时候,乔问我是想这就走,还是再待一会儿,我说都行。可我爸的现任太太说,年轻人还是出去玩玩比较好,于是我们很快出了门,顶着下午三点的烈日走上了街头。

我们去公寓铲墙纸,发现厄尼在那儿。他带了两卷墙纸过来,正跟马修一起打量它们呢。厄尼说他认识一个油漆匠,可以免费帮我们贴墙纸,只要乔给他的一张桌子打四条腿。原来的桌腿被虫蛀坏了,摇摇晃晃的快散架了,因为大人不在家的时候,小孩子总拿桌腿撞地板,想让它快点儿散架。双方很快就谈妥了。

饭厅的墙纸贴好以后,墙的右下角有一大块水渍。他们把贴墙纸的小伙子叫回来,他说这不怪他,水渍肯定是后来才有的,要怪就怪那堵墙,墙里肯定有水管裂了。乔说那块水渍一直都在,小伙子本该告诉我们墙上漏水的。马修说,我们最好去问问邻居,因为他们那边的水槽可能漏了,如果是他们那边的问题,我们就惨了。

他们三个人去了隔壁。隔壁的邻居很不客气,说我们这边有水渍,他们那边又没有,还给了我们他们房东的地址。隔壁房东说会找人来看看,可一直没人来。最后,隔壁房东自己过来了,说该由我们或者我们的房东付钱,因为漏水是我们用钻头造成的。乔说我们没用过钻头。但隔壁房东一口咬定,是我们装修厨房的时候敲敲打打造成的,跟他半点关系都没有,他才不管呢。乔简直要气疯了。马修说,如果必须找人来修,最好两边各付一半。可隔壁房东不想管,说:"你们去找自己的房东吧。"

"水是从你那边漏过来的,找我们房东干吗?"可隔壁房东说,就算水是从他那边漏过来的,他也能证明,他那边没有什么会导致出现水渍。隔壁房东离开后,他们三个人吵了起来。所有的心烦、咒骂和发火都是白费,因为根本不值得费那个劲儿。事实上,我们把碗柜靠在那堵墙前面,就看不见水渍了。

每个星期天,我们都去纪念斗牛场那边喝东西,吃八爪鱼。

有一天，一个穿黄衬衫的男人走上前来，兜售某个女艺人的明信片，那女人几年前在巴黎名头很响。他说，他是那个女艺人的经纪人，那女人以前是王孙公子的座上客，现在落得孤零零一个人，不得不变卖各种东西，以及纪念品。乔冲他大吼，叫他滚开。我们离开的时候，乔叫我先回家，因为他得去见一位先生，那个人要翻新三间卧室。我在主街上逛了逛，看橱窗饱眼福，特别是百货商场橱窗里的洋娃娃。有几个白痴过来跟我搭讪，嘴里不干不净的。有个看起来像吉卜赛人的白痴凑得最近，他说："她闻着香喷喷的。"就跟我是一碗汤似的。我一点儿都不觉得好笑，只觉得烦。就像我爸说的，我这人脾气暴，一点就着……但话说回来，我真不知道自己活在世上是为了什么。

六

乔说，他要带我去见约翰神父。既然说起这事，他就顺嘴提了一句，公寓的房租我俩得各付一半。就跟我们只是普通朋友似的。这让我跟家里大吵了一架，因为我赚的那点钱都让我爸管着，刨除他太太扣除的饭钱，就没剩多少了。吵到最后，我爸总算答应付一半房租。但交房租这件事，是我们去见约翰神父的路上，乔才提起来的。

约翰神父看起来像是苍蝇翅膀做的。我是说他的衣服——是那种薄得透明的黑色。他像个圣徒一样跟我们打招呼。乔说："我觉得吧，婚礼最好赶紧搞定。越省越好，要是能五分钟搞定，就用不着花十分钟。"约翰神父是看着乔长大的。他十指张开，按在膝盖上，眼神不大好，看得出他年纪大了，视力受了影响。他说："这可不行，结婚是一辈子的事，婚礼非常非常重要。做周日礼拜的时候，你不是会穿上最好的衣服吗？婚礼就像一个特殊的礼拜日，需要举行很多仪式。如果我们不尊重这些仪式,就不是文明人……我想,你更愿意做个文明人,对吧?"乔一直盯着地板,正要开口说些什么,约翰神父做了个手势,让他先别说。

"我会给你们主持婚礼的。我想,结婚这件事,你们最好还是冷静点。我知道你们这些年轻人很冲动,想赶紧开始过日子,做什么都急匆匆的。可是生活,我是说体面的生活,不该匆匆忙忙地过……我想,你的未婚妻更愿意穿婚纱,好让每个看见的人都知道她是新娘子,而不是穿平常的衣服,哪怕是新衣服……姑娘们都是这样。我主持过的所有的婚礼……至少是所有体面的婚礼,新娘子都穿得像个新娘子。"

我们离开的时候,乔说:"我很敬重他,因为他是个好人。"

我只从娘家带走了一样东西,那就是我的黄铜床。它也是唯一属于我的东西。厄尼送给我们一盏挂在饭厅里的铁吊灯。它由三根铁链挂在天花板上,垂下草莓色的流苏,灯座是一朵分成三瓣的铁花。我穿了婚纱,裙摆拖得老长,乔穿了件深色西服。他的学徒和厄尼的家人也来了,包括厄尼的三个姐妹、两个结了婚的兄弟,还有他们的太太。我爸挽着我走向圣坛。乔的妈妈穿了件黑绸裙,稍微一动就窸窣作响。朱莉穿了件精致的烟灰色蕾丝连衣裙,胸前有粉色蝴蝶结做装饰。我们这群人都乐呵呵的。马修的太太叫格丽瑟达,她到最后一刻才说自己来不了了,因为她身体不大舒服。马修说这事常有,叫我们别介意。婚礼仪式很长很长,约翰神父做的布道很美。他讲到了亚当和夏娃,苹果和蛇,还说女人是用男人的肋骨做的。亚当醒过来的时候,发现夏娃睡在自己身边,上帝给了他一个大大的惊喜。神父还给我们讲了天堂的模样:波光粼粼的小溪,刚修整过的草地,还有天蓝色的花朵。夏娃醒过来以后,做的第一件事就是摘了一朵蓝花,冲它吹了口气,吹落了几片花瓣。亚当骂了夏娃,因为她伤了一朵花,而人类之父亚当一心只想做善事。最后,熊熊燃烧的火焰剑终结了一切……就像清晨的露珠一样。这是坐在我后面的恩瑞奎塔太太说的。我心想,要是约翰神父看见了她那幅龙虾挂画,就是戴头盔的龙虾自相残杀的那幅,他会说什么?大家都说,那是约翰神父做过的最美的布道。但学徒告诉乔的妈妈,他姐姐结婚的时候,约翰神父也讲到了天堂,人类的第一个母亲和第一个父亲,还有天使和燃烧的火焰剑……跟这次一模一样,只是花的颜色不一样。他说,他姐姐结婚的时候,那朵花是黄色的。他还说,溪水早上是蓝色的,下午是粉色的。

我们到教堂的祭衣室签了婚书,然后坐车去蒙特惠奇山[1]散步、开胃。我们去散步的时候,客人们正好喝点东西。我们还去拍了照。摄影师给我们拍了好多照片,有乔站着我坐着

---

[1] 蒙特惠奇山:巴塞罗那市中心西南部的一座小山,登上山顶可俯瞰全市风光,是巴塞罗那人日常游玩之处。

的，也有乔坐着我站着的，还有我们两个人都坐着，背靠着背，侧过身子的。另外一张是我们坐着四目相对的。摄影师开玩笑说："免得你们看起来总在吵架。"还有一张是我们并排站着的，我一只手扶着一张颤颤巍巍的三条腿小桌。另外有一张是我们坐在长椅上，旁边立着一棵绢纱和彩纸做的假树。等我们回到纪念斗牛场那边的饭店时，大家都说等得不耐烦了。我们解释说，摄影师给我们拍了很多艺术照，所以耽误了。事实上，所有的橄榄和凤尾鱼都被吃光了。乔说他不介意，然后我们就开席了。但后来他又说，那些人真是一群没礼貌的浑蛋。吃饭的时候，他一直跟厄尼争来争去……说橄榄怎么怎么的，也不知道橄榄到底怎么了。马修一句话也没说，只是看着我，嘿嘿地笑。最后，他俯身向前，倚在我爸的椅背上，对我说："他们两个就爱开玩笑。"我们吃了一顿美味的午餐，饭后放起了唱片，大家开始跳舞。我跟我爸跳了舞，起初还戴着面纱，后来就摘下来交给恩瑞奎塔太太拿着了，免得碍手碍脚。跳舞的时候，我拎着裙子，生怕裙摆被人踩到。我跟马修跳了一支华尔兹，他优雅地牵着我转圈。我觉得自己轻盈得像根羽毛，仿佛我的一生就是一支漫长的华尔兹。他的动作那么优雅，我的脸都发烧了。我还跟乔的学徒跳了舞，他不怎么会跳。乔笑话他，想逗逗他，可学徒没理会，该怎么跳就怎么跳。舞会开到一半的时候，有四位先生走了进来。他们刚才在隔壁房间吃午饭，过来问问能不能也加入。他们都挺友善的，四十岁上下。先来了四个，后来又来了两个，刚好凑满半打。他们在庆祝他们中间最年轻的那位刚做完阑尾手术。那个人的耳朵上挂着助听器，因为他听力不大好。不难看出，手术做得很成功。他们听说隔壁在办婚礼，就决定过来跳个舞，因为他们想找回青春和快乐。几位先生都过来跟我道喜，问我哪位是幸运的新郎官，然后纷纷给他递雪茄。他们都跟我跳了舞，个个乐呵呵的。端酒的服务员见庆祝手术成功的先生们都和我跳了舞，就说也想跟新娘跳个舞，因为这是他的一个特殊习俗，能带来好运。他说，要是我们不介意的话，他会把我的名字记在一个本子上，上面记了所有跟他跳过舞的新娘的名字。他写下我的名字，然后拿本子给我们看，上面有整整七页名字。他长得瘦高，脸颊凹陷，嘴里只剩一颗牙，头发全扒到一边，好遮住秃顶。我正准备跟他跳舞，他突然说想跳华尔兹，乔就放起了热情洋溢的斗牛舞曲。我跟服务员跳了起来，一会儿朝前冲，一会儿往后退。大家都兴高采烈的。我们舞跳到一半时，乔突然说，他想跟我跳完这支舞，因为他是在跳斗牛舞的时候遇见我的。服务员就把我交给了乔，然后伸手扒拉头发，想把它们压平，只可惜他的头发一点儿也不听话，翘得乱七八糟的。庆祝手术成功的先生们站成一排，靠在门边，个个穿着一身黑，扣眼里插着白色康乃馨。跳舞的时候，我能用余光瞥见他们，他们看上去就像来自另外一个世界。我跟乔跳舞的时候，乔说，大家只想看他出洋相，其实我们只需要约翰神父，舞会啥的都没必要。跳完那支舞,大家都鼓起掌来。我简直喘不过气了,心怦怦直跳,兴奋得眼睛闪闪发光。一切都结束之后,我真希望能回到昨天,这样就能从头再来一遍了。真是太美妙了……

七

我们已经结婚两个月零七天了。乔的妈妈送给我们一张床垫,恩瑞奎塔太太送了我们一床老式羽绒被,上面有钩针织的凸起的花朵。床垫罩是蓝色的,上面有颜色鲜亮的羽毛图案。床是浅色木头做的,床头板和床柱都由一根根小圆柱组成,圆柱是小圆球摞起来的。床底下宽敞极了,足够躲下一个人。这事我有亲身体会。那天,我第一次穿上那条栗色连衣裙,裙子前襟缀着金色小纽扣,配上我亲手做的奶油色硬领。吃完晚饭后,乔趴在桌上,借着吊灯的亮光画家具图样。我想给他个惊喜,穿着新裙子走进饭厅,一句话也没说。乔没抬头,只问了一句:"你怎么这么安静呀?"

他抬起头,呆呆地盯着我瞧。吊灯的草莓色流苏落下阴影,遮住了他的半边脸。几天前,我们聊过,要把吊灯挂高点儿,那样光线会好一些。我站在他对面,他盯着我,一句话也没说,就那样待了好一会儿。直到我再也受不了,他还在盯着瞧。在半明半暗的灯光下，他的眼睛显得更小，也更深邃了。正当我以为我再也忍不下去时，他突然像喷泉似的一跃而起，十根手指分得老开，指头中间的皮肤都要撑裂了，追着我大喊："哇呜哇呜哇呜……哇呜哇呜哇呜哇呜……"我冲进过道，乔在后面紧追不舍："哇呜哇呜哇呜哇呜……哇呜哇呜哇呜哇呜……"我跑进卧室，他追上来，把我推倒在地，踹进床底下，自己则蹦上了床。我只要试图从床底下钻出来，他就会给我脑袋来一巴掌，大喊："淘气包！"不管我想从哪边钻出来，他都会伸手"啪"地打一下："淘气包！"同样的把戏后来他跟我玩过好多次。

有一天，我看见了一些可爱的杯子，装热巧克力用的，就一口气买了六个。它们白白的，拿在手里很沉。乔一看见它们就发火了："见鬼！咱们要六个装热巧克力的杯子干吗？"

这时候，厄尼来了。他连招呼也没打，就说马修有个朋友，认识一位住在伯特伦大街的先生，那人屋里的所有家具都要修。他说："明天下午一点，你应该去一趟。那人住的是三层小楼，你可以把婚礼花的钱全赚回来。而且，那人挺着急的，愿意付加急费。"乔记下了地址，然后打开厨房里的碗柜："瞧呀，我们现在都把时间用在什么上面了——咱俩都不爱喝热巧克力，她这个人啊，真是想到什么就做什么……"厄尼拈起一只杯子，笑嘻嘻的，装作啜热巧克力，然后把杯子放回了原处。这一下大家都知道了，我不爱喝热巧克力。

乔用给伯特伦大街那位先生修家具赚的钱，给自己买了一辆二手摩托车。摩托车原先的主人出了车祸，尸体第二天才被人发现。我们骑着那辆摩托车，呼啸着穿过大街小巷，惊起了好些鸡鸭，还把路人吓得半死。

"抓紧点儿，咱们要破纪录喽。"

我最讨厌的就是拐弯。我们斜着身子，几乎贴地。等回到直路时，乔又开始加速。"当初刚认识我的时候，没想到我能让你跑出这速度，对吧？"拐弯的时候，我的脸完全僵住了，跟木板一样僵硬。我眼泪直流，脸颊紧紧地贴着乔的后背，一路上都在想：我再也回不了家了。

"咱们今天沿着海边那条路开。"

我们在小城巴达洛纳[1]吃了午饭，没去比那更远的地方，因为我们起得太晚了。大海看起来一点儿也不像水，在阴沉沉的天空下，显得悲伤又凄凉。水底鱼儿的呼吸掀起了风浪，它们的怒火汇成了汹涌的波涛。我们喝咖啡的时候，乔又开始嘀咕："可怜的玛利亚……"我感觉就像被人捅了一刀。

我流起了鼻血，怎么也止不住。我又是拿硬币刮眉心，又是拿巨大的家门钥匙刮后脖颈，可是都没用。咖啡馆的男服务

---

[1] 巴达洛纳（Badalona）：位于西班牙东北部的巴索斯河口，临地中海，巴塞罗那东北部的卫星城。

员陪我去洗手间,帮我往头上泼水。等我回来的时候,乔噘着嘴,气得鼻子通红:"给小费的时候等着瞧吧,他一个子儿也别想拿!"

他说服务员不该陪我去洗手间,我问他自己为什么不陪我去。他说我又不是小屁孩,可以自己照顾自己。重新骑上摩托车的时候,他又像往常那样嘀咕:"要是玛利亚看见这么大马力的车……"

我开始对这事上心了。他说"可怜的玛利亚"之前好几天,我就有预感,知道他什么时候会说,因为他的脚会变得有点儿跛。他说"可怜的玛利亚",看见我不高兴,也会接着唠叨,就跟我不存在似的,但没原先那么激动了。我没法不去想"可怜的玛利亚"。如果我在扫地,我会想,玛利亚肯定扫得更快;如果我在洗碗,我会想,玛利亚肯定洗得更干净;如果我在铺床,我会想,玛利亚肯定铺得更平……玛利亚一直在我脑子里打转,没完没了……我把装热巧克力的杯子藏了起来。每次想到我没经过乔的同意就买了杯子,我的心就会猛地一沉。还有乔的妈妈,每次见到我就问:"怎么,还没好消息吗?"

乔的胳膊垂在身子两侧,朝她摊开手,耸耸肩,什么也没说。但我能听见他咽下去没说的话:又不是我的错。他妈妈盯着我瞧,眼睛从上扫到下:"可能是吃得太少了……"然后摸摸我的胳膊,又说,"也不瘦呀……"

"她只是看着瘦,其实才不是呢。"乔盯着我们俩说。每次我们去他妈妈家，他妈妈总说要给我们做大餐。我们离开的时候，乔总是问："你觉得我妈的手艺咋样？"然后，我们会骑上摩托车。"噗噗噗……嘭嘭嘭……"引擎发动的声音就像打雷一样。晚上，我脱衣服的时候，他会说："今天是星期天，咱们造个孩子出来吧，你觉得咋样？"第二天早上，他会一把掀开被子，猛地冲下床，也不看有没有给我留点儿盖的。他会直奔阳台，做几次深呼吸，再去洗漱。然后哼着歌走进饭厅，坐在椅子上，两条腿盘着椅子腿。

我一直没去过他的木匠铺子。有一天，他说我该去看看。铺子玻璃门上的油漆都剥落了，玻璃窗上也落满了灰，从外面根本看不清里面。我说我可以打扫一下。他说："我的铺子你就别管了。"做木工的工具看起来可漂亮了。他有两锅胶水，一锅胶水从锅边淌下来，都干掉了。我伸手去拿锅里的搅拌棍，他拍开了我的手："嘿，别碰！"

他把我介绍给他的学徒，就跟我们以前没见过似的："这是小白鸽，我太太。"学徒看起来挺滑头的，朝我伸出一只枯枝似的手："我叫安迪，很高兴为您效劳……"

日子一天天过去，每天都过得差不多。小白鸽，小白鸽……还有他妈妈："怎么，还没好消息吗？"有一天，我说盘子里的东西太多了，害我觉得恶心，问她就不能少给我盛点儿吗。他妈妈说："差不多是时候了！"她把我领进她的卧室。她的床黑漆漆的，铺着绣了红玫瑰的羽绒被，四根床柱上都系了蝴蝶结，分别是蓝色、丁香紫色、黄色和胡萝卜色。她让我躺下来，摸了摸我，又跟医生似的贴着我的肚皮听。回到饭厅之后，她说："还没到时候呢。"乔弹了弹雪茄，把烟灰弹到地上，说他早就知道了。

八

后来,乔做出了那把椅子。他整夜整夜地画图样,等他上床的时候,我早就睡着了。他会推醒我,告诉我最难的是保持平衡。星期天,如果天气不好,我们待在家里,他就会跟厄尼和马修讨论他画的图样。那把椅子的模样挺怪:像普通椅子,又像摇椅,还像扶手椅。他花了很多时间才做出来。他告诉我,那是马略卡风格。椅子完全是木头做的,可以前后微微摇晃。他说我该做个垫子,跟吊灯流苏一个颜色的。最好做两个,一个给他当坐垫,一个给他当枕头。那把椅子只有他一个人可以坐。

"这是男人坐的椅子。"他说,我没跟他计较,他还说,"每个星期六,你都要给它抛光、打蜡。"他坐在椅子上,跷起二郎腿。要是他在抽烟,就会半闭着眼,缓缓吐出烟圈,享受得像上了天堂似的。我把这些全说给了恩瑞奎塔太太听。

"他又没伤到别人,对吧?坐在椅子上舒舒服服的,总比跟个疯子似的骑摩托车好。"

她叫我注意乔的妈妈,最重要的是,别让乔猜出我的心思,因为他这人就爱惹人生气,我最好别暴露弱点。我告诉她,我挺喜欢乔的妈妈的,因为她喜欢打蝴蝶结,这爱好挺有意思。可恩瑞奎塔太太说,打蝴蝶结是她骗人的法子,让别人误以为她为人单纯。不过没错,我应该跟她直说我喜欢她,因为如果乔的妈妈喜欢我,乔就会对我更满意。

星期天,如果因为下雨没出门,厄尼和马修也没来,我们就会一下午都泡在床上,那张木料是蜂蜜色、床柱是圆球摞起来的床上。吃午饭的时候,乔会宣布:"今天,咱们要造个孩子出来。"

然后,他会把我折腾得眼冒金星。恩瑞奎塔太太一直拼命暗示我,撺掇我讲讲新婚之夜。可我不敢告诉她,我们过的不是新婚之"夜",而是整整一周。直到乔脱衣服之前,我都没好好打量过他。我坐在房间的角落里,一动也不敢动。最后,他说:"要是你不好意思在我跟前脱衣服,我可以先出去。如果不是,我就先脱,你会发现没啥大不了的。"他的脑袋圆溜溜的,头发浓密,像漆皮一样油光闪亮。他拿梳子梳过以后,会用另一只手扒一扒,把翘起来的头发压平。要是没有梳子,他就用五指梳,两只手轮流倒腾。没梳头的时候,他宽宽的脑门上会垂下一缕刘海,垂得低低的。他的眉毛弯弯的,乌黑浓密,底下是一双滴溜溜的老鼠眼睛,眼眶总是湿漉漉的,像是涂了薄薄的一层油，看起来特别可爱。他的鼻子不宽不窄，也不太翘，我最讨厌翘鼻子了。他的脸颊圆鼓鼓的，夏天透着粉色，冬天红通通的，一只耳朵有点儿招风。他的嘴总是那么红润，肉嘟嘟的，下嘴唇有点儿突出。他说话或大笑的时候，你能看见他的两排白牙，在牙床里紧紧地挤在一起。他的脖子又软又光滑。他的鼻子，就像我之前说过的那样，不宽也不窄，每个鼻孔里都长着一撮鼻毛，把冷风和灰尘挡在外面。他的两条腿又细又长，腿肚子上的青筋有时候会凸出来，看起来跟蛇似的。他身子修长，该翘的地方翘，胸肌发达，屁股紧绷绷，脚瘦瘦长长，有点儿扁平足。也就是说，如果他打赤脚的话，脚踝容易撞到一起。他的身材很匀称。我把原话告诉他的时候，他慢慢转过身来，问："你真这么想？"

我胆战心惊地缩在角落里。等他像他说的那样，给我做了榜样，脱完衣服上床后，我也开始脱衣服。我一直害怕这一刻的到来。别人告诉我，那是玫瑰之路的结束，泪水之路的开始。男人都是先让你快乐，然后叫你失望……我从小就听人说，男人会把你劈开。我一直害怕被劈开，然后死掉。别人都说，女人会因为被劈开而死掉……从结婚那天起，你就要开始受苦了。要是劈得不好，接生婆会拿刀子或破酒瓶帮你的忙，然后你就永远是那个样子了：要么一直劈开，要么被缝起来。这就是为什么，结过婚的女人只要站久一点，就会觉得累。这就是为什么，要是电车上挤满了人，女人不得不站着，明白事理的男人就会站起来让座，请她们坐下。那天晚上，我哭起来的时候，乔从毯子底下探出脑袋，问我怎么了。我一五一十地告诉了他，说我害怕被劈开，然后死掉。他听完后哈哈大笑，说他听说过一个故事——布斯塔曼特王后的故事。她丈夫懒得自己出力，就找了匹马来劈开她，结果她死掉了。说完，乔乐得像个傻瓜。这就是为什么我没法跟恩瑞奎塔太太讲我的新婚之夜，因为我们进新房那天，乔让我买了好多东西拎进屋，然后锁上门拉上闩，让我过了整整一周的"新婚之夜"。不过，我跟恩瑞奎塔太太讲了布斯塔曼特王后的故事。她说，是的，那是很可怕，但她已经死去多年的丈夫对她做的事更可怕。那男人把她捆在床上，用的是钉在十字架上的姿势，因为她一直试着逃跑。恩瑞奎塔太太不依不饶，说什么都要听我讲新婚之夜。我只好想法子岔开话题，说起那把摇椅和丢钥匙的故事。

九

有一天晚上，我们跟厄尼一起出门散步，从纪念斗牛场那边喝酒回来，已经凌晨两点了。走到家门口，厄尼刚要走，我们才发现进不了门，因为前门钥匙不见了。乔说他把钥匙给我了，让我放在钱包里。厄尼跟我们一起在家里吃的晚饭，他说他记得看见乔从门背后的挂钩上拿了钥匙——钥匙通常都是挂在那儿的，然后塞进了自己的口袋里。乔把口袋翻了个底朝天，看里面是不是破了洞。我说，可能乔是做梦，梦见我拿了钥匙。乔说，也可能是他叫厄尼去拿钥匙，厄尼想也没想就顺手拿了，然后忘记了，所以是厄尼弄丢了钥匙。后来，他们俩都说是我拿了钥匙，但他们都不记得是什么时候，也都没亲眼看见我拿。厄尼说，去按二楼那户人家的门铃吧。乔不乐意。他是对的，最好别让二楼的邻居掺和进来。最后，乔说："幸好还有木匠铺子，咱们去拿点工具过来吧。"

他们去拿工具过来开门，我在门口守着，防着守夜人过来，因为我在街角拍了拍巴掌招呼他，可他没过来，不知去哪儿了。很快我就站累了，一屁股坐在了台阶上，脑袋靠着大门，抬头望向屋檐中间露出的天空。天上阴沉沉的，刮着小风，乌云飞快地移动。我困得睁不开眼睛，睡意越来越浓。天那么暗，风儿和云彩都在朝同一个方向移动，害得我越来越困。我担心，要是乔和厄尼回来，发现我蜷成一团睡着了，睡得那么沉，连楼都上不去，他们会说什么……这时，我听见远处的石板路上传来了他们的脚步声。

乔在锁眼上面一点儿钻了个洞。厄尼一直絮絮叨叨的，说这么做是犯法的。乔说他会把洞堵上的，但得先进自家的门。在门上钻好洞以后，他拿铁丝弯成钩子，从洞里钩出一根绳子，也就是从里面拉门用的绳子。赶在守夜人拐过街角之前，门被弄开了。我们赶紧钻了进去，厄尼差点儿被逮到。进了公寓，我们看见的第一样东西就是挂在门背后的钥匙。第二天，乔拿软木塞堵上了那个洞。可能有人发现了，但谁也没说什么。"所以说到底，你们的钥匙根本没丢喽。"恩瑞奎塔太太说。我回答说："只要我们以为是丢了，就跟真丢了没两样。"

节日庆典终于到了。乔说过，我们要在钻石广场上跳舞赢花束……但过节那几天，我们都在家，没出门。乔的心情很差，因为他接了个修家具的活儿，那活儿一点都不轻松。后来发现主顾特别会讨价还价。乔懒得啰唆，少算了他的钱，结果亏了本。他把火全撒在了我身上。他心情不好的时候，就会说：小白鸽，别发愣了；小白鸽，你又搞砸了；过来，小白鸽；走开，小白鸽；你怎么那么不在乎……他像被困在笼子里的野兽似的，在屋里走过来、走过去。接着，他会打开所有抽屉，把里面的东西全扔在地板上。我问他在找什么，他也不作声。他生我的气，因为我不生讨价还价的那个人的气。我不愿意跟他闹，就把他一个人留在家里，自己出门去了。我梳好头，推开门，迈开步，告诉他我要出去喝点东西，因为他瞎胡闹害得我口渴，叫他别闹了。街上到处是欢乐的人群，漂亮姑娘穿着华丽的礼服来来去去，头顶的阳台上撒下一大蓬鲜艳的五彩纸屑，落在我身上。我把一些纸屑戳进头发里，免得它们到处乱飞。我买了两瓶酒回家，乔还坐在他的椅子上半睡半醒。我从地板上捡起衣服，一件件叠好，放回抽屉里。街上的人都在狂欢。后来，我们骑摩托车去他妈妈家做客。

"你们过得还好吗？"

"挺好的。"

我们刚走出他妈妈家，乔就踢开脚蹬发动摩托车，问我："你俩私底下说啥呢？"

我说，我告诉他妈妈，他有很多活儿要做。他反驳说，我不该那么说，因为他妈妈花钱花得凶，早就想叫他给她买一把扫蜘蛛网用的长柄扫帚，还有白灰相间的新床垫罩。有一天，乔的妈妈告诉我，乔这个人特别倔，小时候常常把她气得够呛。要是她叫他做事，他不愿意，就会赖在地上，不挨揍就不起来。

有个星期天早上,乔开始抱怨腿疼。他说,他睡觉的时候腿疼,就像骨头里着了火似的,有时候又像是肉和骨头中间着了火。火不是一直在骨头里,也不是一直在肉和骨头中间,但骨头里着火的时候,肉和骨头中间就没事。"我的脚一落地就不疼了。"

"哪块骨头?"

"不止一块!大小腿的骨头都疼,不过膝盖还行。"他说可能是风湿。恩瑞奎塔太太说她才不信,乔这么说只是为了博取同情,好让我照顾他。整个冬天,他都在喊腿疼。每天早上一睁开眼,一直到吃早饭的时候,他都会跟我说夜里腿怎么怎么疼。他妈妈说:"小白鸽应该给你敷点热毛巾。"他说,他不想麻烦我,腿疼就已经够麻烦的了。不管是白天还是夜里,他一回到家,我就问他腿怎么样了。他说,腿大半天都没疼。

他会像麻袋似的"砰"的一声倒在床上,害得我提心吊胆,生怕他压断床的弹簧。他要我帮他脱鞋,换上浅棕色的格子拖鞋。等歇过一会儿,他才起来吃晚饭。他说,上床睡觉前,他想要我拿精油给他涂遍全身,这样能缓解疼痛。他还说,必须涂遍全身,因为疼痛就像个滑头的主顾,要是漏了哪个地方,它就会闹腾起来。

我告诉别人,他只有夜里疼,所有人都觉得奇怪。楼下杂货店的老板娘也觉得奇怪。她会问:"他腿疼得一晚上睡不着吗?"还会问:"你丈夫的腿怎么样了?""还好,谢谢,他只有夜里疼。"乔的妈妈也问："他的腿还疼吗？"

有一天，我走过兰布拉大道上的花摊，眼前是五颜六色、香气扑鼻的鲜花，身后突然传来一个声音——

"娜塔莉亚……"

我没想到是在叫我，因为我习惯了被人喊"小白鸽，小白鸽"。那个人是皮特，我以前的未婚夫，被我甩了的那个。我不敢问他结婚了吗，还是还在追女孩。我们握了握手，他的下嘴唇有点儿发抖。他说，他在世上是孤零零一个人了。直到那时，我才发现他的胳膊上缠着黑纱。他看着我的眼神，就像他快要被人群、鲜花和店铺淹没了。他告诉我，有一天他碰见了朱莉，朱莉说我要结婚了。他一听到这个消息，就想祝我一切顺利。我低下了头，因为我不知该做什么、说什么才好。我觉得，我应该把悲伤压下去，把它搓成小小一团，别让它笼罩着我，别让它进入我的血液或全身。把它搓成小球或弹丸，然后咽下去。皮特的个子比我高得多，我站在那儿低着头，感觉皮特的痛苦渗进了我的头发里，仿佛他能看穿我，看透我心里的一切，看见我的悲伤。幸亏我前面还有那么多花挡着。

中午，乔一进门，我告诉他的第一件事就是，我遇见皮特了。

"皮特？……"乔撇了撇嘴，"不懂你说的是谁。"

"我为了嫁给你，甩了的那个小伙子。"

"你没跟他说话吧？！"

我告诉他，我们互相问了好。乔说我不该理他。我说，皮特差点没认出我，打招呼前不得不多看了我好几眼，因为我瘦多了。

"他还是管好自己吧，别多管闲事。"

我没有告诉他，下电车以后，我去看了百货商场橱窗里的洋娃娃，这就是为什么午饭这么晚才做好。

十

乔的妈妈在我的脑门上画了个"十"字，洗碗的时候还不让我帮忙把碗擦干。最后，我还是帮她把碗擦干了。洗完碗，她关上厨房的门，我们就去阳台的走廊上坐着，头顶上一边爬着葡萄藤，另一边是伯利恒之星[1]。乔说他累了，就先走了，留下我们两个人。就在那时，乔的妈妈给我讲了乔和厄尼小时候某个星期四下午做的事。那时候，厄尼下午经常来他家玩。她说，她种了三十来棵风信子，每天早起第一件事就是去看它们长了多少。她说，风信子从球根里长出来的速度很慢，让你对开花充满了期待。最后，长长的花茎上终于长出了小花苞，你从花苞就能猜出花会是什么颜色——通常都是粉色。有个星期

---

[1] 伯利恒之星（Star of Bethlehem）：又名"虎眼万年青"，百合科植物，叶子呈深绿色，常带有白色条纹。

四，两个男孩在花园里玩，她给他们送点心过去的时候，一眼就看见所有的风信子全被翻了个个儿：球根和根须翘到半空中，花苞、叶子和花茎则被埋在土里。虽说她从来不是讲脏话的人，但她当时只说了一个字。她不肯告诉我她说了什么。她还说："男孩会伤你的心的。要是你生了男孩，就等着瞧吧。"

我爸听乔说我有喜了，过来看我，说："不管是男是女，名字都定好了。"

恩瑞奎塔太太老是问我，我会不会突然起那方面的念头。"要是有的话，也别摸那儿，要摸就摸后头。"

她还告诉我，害喜的女人会想吃各种各样的怪玩意儿：葡萄干、樱桃、动物肝脏……最可怕的是羊羔头。她认识的一位太太，怀上以后特别想吃羊羔头。后来，她发现宝宝脸上有块胎记，长得像小小的羊眼睛和羊耳朵。她还说，宝宝是在水里成形的，最先成形的是心，然后慢慢长出神经和血管，最后是小小的头盖骨。她说，脊椎骨就像弯弯的软骨，因为要不是这样，宝宝就没法躺在子宫里。要是子宫更长一些，宝宝就会长得笔直，脊椎骨就会像扫帚柄一样硬。就算是小时候，身子也没法打弯。

到了夏天，接生婆说我需要多呼吸新鲜空气，多泡泡海水浴。我们就骑摩托车去了海边，带上准备好的衣服和吃的，拿一条黄、蓝、黑三色的条纹毛巾当帘子。乔把它举起来，挡在我后头，方便我脱衣服。他笑话我，因为我的模样很好笑，大大的肚皮就像跟身体脱了节。我看着潮水来来去去，总是一成不变、一模一样……总是匆匆忙忙，涨涨落落。我坐在海滩上看海，海面有时是灰的，有时是绿的，更多时候是蓝色的。海水就像活物一样，总在动来动去，像在说话。我的思绪飘远了，脑子里一片空白。乔见我好久没说话，就会问："怎么了？"

我们沿着弯弯曲曲的小道骑摩托车回家，我差点吐在毛巾里。哦，可怜的我，心脏直打战，跳到了嗓子眼。乔说，这孩子在妈妈肚子里就习惯了骑摩托车，长大以后肯定能参加比赛得冠军。虽说他不知道自己在骑摩托车，但能感觉得到，而且会记住这种感觉。我们在路上遇到了几个人，我差点没羞死，因为乔说："我把她的肚子搞大了。"

乔的妈妈送给我她在乔小时候穿过的紧身褡，恩瑞奎塔太太送给我不少束腹带，我实在搞不懂该怎么用。紧身褡绲边的洞眼里穿了丝带，看起来更适合洋娃娃穿。我爸说，他已经定好了名字，男孩就叫路易斯，女孩就叫玛格丽特，随她的曾外婆。乔说，不管岳丈大人怎么说，都该由他这个做爸爸的起名字。晚上，他总是趴在桌上画图样，一画就画到很晚。等到他终于上床来，要是我已经睡着了，他就会打开灯，想尽法子弄醒我："你能听见他的声音不？"

厄尼和马修来家里做客的时候，乔会说："肯定是个棒小伙！"

我想象不出我看起来像什么模样：一个小圆球，底下伸出两只脚，上面顶着个脑袋。有个星期天，乔的妈妈给我看了个奇怪的玩意儿，像是一坨干枯的杂草，压得扁扁的。她说那是耶利哥的玫瑰[1]，她生乔的时候留下的。等我生孩子的时候，她会把它放进水里，等耶利哥的玫瑰开了，我的下身也就打开了。

我突然疯狂地爱上了打扫卫生。我一直很爱干净，但那段时间真跟疯了一样，每天都忙着扫地、擦灰，扫了又扫，擦了又擦。我会花好几个钟头擦水龙头，擦完以后，只要发现一个脏印子，就会从头擦起。我就喜欢看它闪闪发光的样子。乔希望我每个星期都给他熨一次裤子。我以前从来没熨过裤子，第一次都不知该怎么熨。虽然我小心翼翼的，但还是在膝盖往上的位置熨出了两条裤线。我晚上睡不好觉，脾气也不好。醒过来以后，我会十指张开，在眼前晃动，确保它们还是我的手，我还是我！起床以后，我全身的骨头都疼。乔又开始喊腿疼，大发脾气。恩瑞奎塔太太说，乔的病是骨结核，得拿硫黄治。我说给乔听。他说，他不会为了讨好恩瑞奎塔太太，就把自己弄爆炸。我给他弄了一勺蜂蜜掺硫华，可他说蜂蜜会害他的牙疼上一整天。他老是做关于牙的噩梦：他用舌尖舔牙齿，一颗一颗舔过去，每舔一颗，那颗牙就会从牙床上掉下来，像小石

---

[1] 耶利哥的玫瑰：又名"复活草"或"起死回生草"，生长于非洲沙漠，极端气候下呈干燥枯死状态，叶子卷曲，放回水中后会在数小时内焕发生机。

子似的在嘴里滚来滚去。他的嘴里塞满了小石子，却没法吐出去，因为两片嘴唇被缝上了。每次做完那个梦，他都觉得牙松了。他说那是个预知梦，说明他快要死了。楼下杂货店的老板娘说，我应该让他拿罂粟花水漱口，因为罂粟花能让人睡着，罂粟花水也许能暂时缓解腿疼。不过，等药劲儿过了，还是会疼。可恩瑞奎塔太太说，罂粟花水也许能管用，但乔需要的是牙医的拔牙钳，那玩意儿才能真正结束他的噩梦。

就在我们被他关于牙齿、小石子和死亡的噩梦弄得焦头烂额的时候，我突然起了荨麻疹。那玩意儿差点把我逼疯。晚上，我们会去主街街尾的花园散步，因为我需要运动。我的两只手全肿了，脚踝也肿了。要是他们拿绳子把我绑在床上，我只要使一次劲儿，就会丢掉小命。在屋顶的天台上，周围是轻风和蓝天，我要么晾衣服，要么坐着缝缝补补，这儿忙忙，那儿忙忙。我觉得自己像被掏空了，然后填进了某样奇怪的东西。有个神秘的家伙，藏得严严实实的，正拿我寻开心，往我嘴里吹气，像吹气球似的把我吹胀起来。下午，我一个人坐在天台上，被栏杆、轻风和蓝天包围，困惑地盯着自己发肿的脚，发出了第一声哀号。

十一

我的第一声尖叫简直是震耳欲聋。谁想得到,我的叫声能传得那么远?拖得那么长?谁想得到,从我下身钻出来的宝宝能给我带来那么多痛苦?让我发出那样的哀号?乔在过道上踱过来、踱过去,嘴里不停地念叨"老天保佑"。接生婆出去取热水,气呼呼地吼他:"都怪你事先没准备好……"

他妈妈只要一见我不号了,就会说:"你没看见乔多难受……"接生婆拿了一条毛巾,绕过几根床柱,叫我紧紧地拽住两头,说这能帮我使出全身的劲儿。快要结束的时候,有根床柱"啪"地断掉了。我听见一个声音说:"她差点儿把他勒死。"我那时候迷迷糊糊的,搞不清是谁说的。

我刚喘过气来,就听见了哭声。接生婆正像拎小动物一样,倒拎着一个宝宝,伸手拍打他的后背。他现在是我的宝宝了。耶利哥的玫瑰在床头柜上绽放。我像在做梦似的,伸手抚摸羽绒被上绣的花,揪起一片花瓣。她们说,事儿还没完呢,宝宝得跟妈妈多亲近亲近。她们还不让我睡觉,虽说我的上下眼皮直打架……我甚至没法给他喂奶。我一边的乳房跟平常一样又小又扁,另一边则胀满了奶水。乔说,他一直都觉得,老天爷会跟他开玩笑。那是个男宝宝,生下来大概四千克重,但一个月后就只剩五斤(两斤为一千克)了。乔说:"他溶化了,像水里的糖块一样化掉了,等到只剩下一斤,他就会死掉。不过,他现在还是我们的……"

恩瑞奎塔太太第一次来看宝宝的时候,已经听楼下杂货店的老板娘说过情况了。她说:"听说你差点儿把他勒死?"乔很不耐烦,一直发牢骚,因为我害得他又有活儿要干了:"我得重新做根床柱了。它断成那样,都没法粘起来了。"

宝宝晚上哭个没完,天一黑就开始哭。乔的妈妈说,他哭是因为怕黑。乔说,小宝宝又分不清白天晚上。他哭得停不下来,拿娃娃哄没用,给他奶瓶又不会吸。抱着他走来走去,哼歌给他听,甚至是冲他大吼大叫,统统都没用。最后,乔没了耐心,发起火来。他说,这种日子不是人过的,再这样他可撑不下去了,他就没法活了。他把宝宝和摇篮塞进饭厅隔壁的小房间,我们睡觉的时候就关上门。楼下的邻居肯定是听见宝宝哭了,开始在背后嚼舌头,说我们不是合格的家长。我喂他奶,他不喝;给他水,他不要;给他橙汁,他吐掉;给他换尿布,他哭得泪汪汪的;给他洗澡,他还是哭。他不肯睡觉,总是动来动去,像只小猴子,两条腿像两根火柴棍。他光着身子的时候，比穿了衣服的时候哭得更厉害，手指和脚趾扭来扭去的。我都担心他整个人会爆炸，或是从肚脐眼那儿炸开。别人说，那是因为他的脐带还没掉，脐带原本早该掉了。我第一次看见他挂着脐带的模样，接生婆就教我怎么抱他，怎么给他洗澡。她把宝宝浸进脸盆里，告诉我："我们生下来之前，都像梨一样，拴在像这样的绳子上。"接着，她教我怎么把宝宝从摇篮里抱起来。因为她说，宝宝的骨头还很嫩，要是不托住他的脑袋，他的脖子可能会断掉。她老是说，人最重要的地方是肚脐眼，跟头顶还没长全的那个软软的地方一样重要。

宝宝变得越来越皱，越来越瘦，哭得也越来越厉害。显然，我的宝宝已经活够了。朱莉来看我，给我带了一条瓢虫图案的白丝巾，还有一袋糖果。她说，大家只在意孩子，没人想着妈妈。她还说，这孩子肯定活不了，还是别管他了，因为要是孩子不吃奶，就活不长了……我胀奶胀得生疼。我一直听说生了孩子会胀奶，但从没想过会这么厉害……直到宝宝终于开始吸奶了，我才不那么疼了。后来，乔的妈妈来拿耶利哥的玫瑰，它已经合拢了。她拿闪闪发光的彩纸包上它，把它带走了。

十二

我们给宝宝取名安东尼。恩瑞奎塔太太紧紧地搂着宝宝,嘴里喊着:"栗子!我的小栗子!"宝宝乐得咯咯直笑。她抱着宝宝靠近那幅龙虾挂画,宝宝突然显得很不安,吐着口水,发出"噗……噗……"的声音。乔又在抱怨腿疼,说疼得比以往都厉害。除了觉得骨头里外都着了火,他肚皮附近还一抽一抽地疼。他说:"我的神经被压着了。"

有一天,恩瑞奎塔太太跟我说,她觉得乔的脸色挺好,看起来很健康。我说,他夜里疼得都睡不着。"你现在还信呢?他的脸红扑扑的,眼睛也亮亮的。"

每个星期一,乔的妈妈都帮忙带孩子,我好洗攒了一星期的脏衣服。乔说,他不放心把孩子交给他妈妈带,因为他了解他妈妈。指不定哪一天,她就会把宝宝搁在桌上,自己忙着扎蝴蝶结,宝宝会摔下去。乔自己还不到一岁的时候,就发生过这种事。下午,我会抱着宝宝,让他趴在我怀里,去看百货商场橱窗里的洋娃娃。洋娃娃有着胖乎乎的小脸，大大的鼻子，深陷的玻璃眼睛，嘴巴半张着，总是笑得那么开心。脑门顶上有一道亮晶晶的胶水痕迹，那是固定头发用的。有些娃娃闭着眼睛，胳膊摆在身子两边，躺在平放的盒子里；有些睁着眼睛，站在竖起的盒子里。那种便宜的娃娃，不管是躺着还是站着，眼睛都老是看着你。她们穿着蓝色或粉色的小裙子，领口镶着蕾丝花边，腰身肥嘟嘟的，扎着丝带和蝴蝶结，裙摆是挺括的平纹细布。她们的漆皮鞋在阳光下闪闪发光，白色长筒袜被拽得平平整整，膝盖的颜色涂得比腿深一些。洋娃娃看起来总是那么甜美，在橱窗里等着被人们买走。洋娃娃的脸是陶瓷做的，身子是石膏做的，旁边总是摆着掸子、地毯拍、真皮和人造革，全是些百货商场卖的玩意儿。

我还记得那只鸽子和那个漏斗。漏斗是乔在鸽子出现前一天买的。那天早上，他推开饭厅的窗户，就看见了那只鸽子。鸽子的翅膀受了伤，半死不活的，它身后的地板上滴了好多血。那是只年纪不大的小鸽子，我给它做了包扎。乔说要留下它，他会给它做个笼子，这样我们从饭厅就能看见它了。那笼子会像个大豪宅，带阳台的那种，屋顶铺着红瓦，门上还有门环。鸽子会让我们的儿子很开心的。头几天，我们把它的一条腿拴在阳台的护栏上。后来，厄尼来做客，说我们应该放它走，它肯定是邻居家的，要不然流血流得那么厉害，不可能飞到我们的阳台上来。我们上了屋顶的天台，像头一回似的环顾四周，可一间鸽舍也没看见。厄尼歪着嘴说，那他就不知怎么办才好了。马修说，我们应该宰了它，就算死了也比被关着强。后来，乔把它从阳台搬到了天台上的阁楼间，说他改主意了，不给它造豪宅了，要盖个鸽舍。他还说，他学徒的爸爸是养鸽子的，会卖只鸽子给他，看能不能跟我们这只配上对。

学徒挎了个篮子过来，里面有只鸽子。一连换了三只鸽子，才跟我们这只配上对。我们喊捡到的鸽子叫"咖啡"，因为它一只翅膀底下有个咖啡色的斑点，我们叫它太太"玛云格"。咖啡和玛云格被关在屋顶的阁楼间里，一直没有小鸽子出生。它们生了蛋，可没能孵出小鸽子。恩瑞奎塔太太说，公鸽子肯定有毛病，我们该把它处理掉。她说，谁知道它是从哪里来的。她还说，它没准儿是信鸽，别人会喂它们奇奇怪怪的玩意儿，好让它们飞得更高。我把恩瑞奎塔太太的话说给乔听。他说，她管好自己就行，还是回去烤栗子吧，别多管闲事了。乔的妈妈说，盖鸽舍要花好多钱。有人劝我们摘些荨麻，绑成小捆吊在天花板上晾干，然后切碎，拌进湿面包里，拿来喂鸽子。这能让它们变得有劲儿，下的蛋就能孵出小鸽子了。恩瑞奎塔太太告诉我们，她认识一个叫芙罗拉·卡拉维尔的意大利女人，她一辈子过得精彩极了。等到年纪大了，她就开了个店，雇了不少漂亮女孩，又在屋顶上养了很多鸽子，纯粹是为了好玩。那个女人就喂鸽子吃荨麻，乔的妈妈说喂它们吃荨麻，这话说得没错。我说，那不是乔的妈妈说的。恩瑞奎塔太太说，不管是谁说的，喂它们吃荨麻总没错。受伤的鸽子和漏斗几乎是同一时间进我们家的，因为在鸽子出现的前一天，乔买回了那个搪瓷漏斗。它有一圈深蓝色的边，用来把白葡萄酒从大肚瓶灌进小瓶。他叫我当心点，因为要是运气不好，失手摔了，搪瓷会裂的。

十三

我们盖了鸽舍。乔打算开工的那天，不巧下起了大雨，他就把木工作坊设在了饭厅。他们在屋里锯木头，做准备工作。等鸽舍的门从上到下全做好了，乔就把它扛出饭厅，连同一堆其他的玩意儿一起搬上了屋顶的天台。厄尼也过来帮忙。第一个出太阳的星期天，我们一起上了天台，看马修给阁楼间的一扇窗户加装窗台。这么一来，两只鸽子起飞之前，就能停在窗台上，好好想想要往哪里飞了。他们挪走了我留在天台上的东西：装干净衣服的篮子、跟餐桌配套的椅子、洗衣筐和脏衣篓……

"咱们要把小白鸽扫地出门喽。"

他们答应以后再搭个工棚搁我的东西，可现在我的东西只好搬下楼，搬进公寓里。要是我想在天台上坐坐，还得扛把椅子上去。他们说，让鸽子住进去之前，得先给鸽舍刷油漆。一个人想刷成蓝色，一个人想刷成绿色，还有一个人想刷成巧克力色。最后，他们决定刷成蓝色，负责刷漆的却是我。因为鸽舍做好等着刷漆的时候，乔在星期天总有很多活儿要干。他说，要是拖得太久不刷漆，雨水就会把木头泡烂。于是，安东尼在地板上睡觉或哭的时候，我就去刷漆，前前后后刷了三遍。油漆干透的那一天，我们所有人都上了天台，打开笼子，让两只鸽子绕着鸽舍转转。最早出笼的是白鸽子，红眼睛，黑脚爪。跟在后面的是黑鸽子，黑脚爪，灰眼睛，黄眼圈。两只鸽子大摇大摆地走来走去，起飞前好好打量了一番四周。它们左看看、右瞧瞧，看起来像要起飞了，但马上又改了主意，就这么来来回回折腾了好几趟。最后，它们终于扑棱着翅膀飞了起来。一只飞到了水盆旁边，一只飞到了食盆附近。母鸽子一身黑，活像服丧的寡妇。它晃了晃脑袋，蓬起脖子上的翎毛。公鸽子张开尾羽，绕着母鸽子转了一圈又一圈。它们碰了碰嘴，咕咕直叫。大家都静悄悄的，不敢说话。最后，乔是第一个开口的。他说，鸽子看起来好幸福。

乔说，等它们学会从窗子进出，而且从窗子走的时候，他就会打开鸽舍的门。这样，它们就能从门窗两边进出了。要不然，如果他在鸽子用惯窗子前打开门，它们就只会从门进出了。他还往鸽舍里放了新窝，因为在那之前，鸽子睡的一直是学徒的爸爸留下的旧窝。一切就绪以后，乔问蓝油漆还有剩下的没有。我说有，他就叫我给阳台护栏也刷上漆。不出一个星期，他又带回了一对模样怪怪的鸽子，像是戴着毛领，看起来没脖子似的。乔说它们是修女鸽，还给它们起了名，公的叫"修士"，母的叫"修女"。它们一进家就跟原先那对打了起来，因为原先那对不欢迎新鸽子。修女鸽就假装自己不存在，宁可饿着也不去吃东西，偶尔挨翅膀揍也忍着，住在鸽舍的偏僻小角落里，直到慢慢赢得了老住户的好感，成为鸽舍的主人。在那之后，它们想做什么就做什么。要是做不到，它们就用尖嘴把另一对啄跑。两个星期后，乔又带回了一对尾羽很漂亮的新鸽子。它们整天鼓起胸前的羽毛，张开尾羽，使劲儿炫耀。后来，最初那对鸽子下了蛋，终于孵出了小鸽子。

十四

生肉、鲜鱼、花朵、蔬菜的味道混在一起飘了过来。就算我瞎了眼,也能猜出离集市不远了。我走出我住的那条街,从主街上横穿过去。黄色的电车在主街上开来开去,叮叮当当地摇着铃。司机和售票员都穿着条纹制服,条纹细得几乎融进了灰底。阳光从格拉西亚大道的方向直射下来,洒在一排排房子上、铺路的石板上、街头的行人身上,还有贴了瓷砖的阳台上。街上的清洁工挥动着长柄大扫帚,正在打扫路边的阴沟,活像童话世界里的小人偶。我往前走去,闻着广场上的气味,听着集市上的叫卖声,汇入了挎菜篮的人流。我熟悉的贻贝贩子戴着蓝袖套,系着长围裙,正在称一堆堆的贻贝和蛤蜊。那些贻贝和蛤蜊事先都用淡水洗过,但还是散发着大海的气息。卖羊下水的摊子那边飘来阵阵腥臭,白菜叶上摆着各式各样的羊下水:羊羔蹄子、眼睛亮晶晶的羊羔头,还有被剖开的整只羊,半边腔子都掏空了,血也快沥干了,血管里堵着一些黑色的血块……挂在铁钩上的羊肝浸满了血,旁边是湿乎乎的羊肚和煮过的羊头。卖羊下水的小贩脸色煞白,看起来病恹恹的,因为他们在那些叫人倒胃口的玩意儿旁边站得太久了,还因为他们总在往粉色的羊肺里吹气。他们背对着人群,仿佛那是一种罪过……我常去买鱼的那家的鱼贩咧嘴一笑,露出了金牙。她在称无须鳕鱼,鱼鳞小得几乎看不见,每片都闪闪发光。灯泡在鱼筐上方忽闪忽闪的,筐里堆满了鲻鱼、鲂鱼、海鲈鱼和隆头鱼。它们看起来就像刚刚涂过色似的,背脊上突出的棘刺活像花儿的尖刺……鱼尾巴甩来甩去,眼睛凸出眼眶。它们都是从浪里打上来的,就是我坐在海边的时候,把我的思绪掏空的那一波波浪。我熟悉的卖果蔬的老太太瘦巴巴的,老是穿一身黑,有两个儿子替她照料菜园。我去买其他东西的时候,经常把买好的菜存在她那里……

日子就这么一成不变地过着,我偶尔会犯头疼,直到共和国[1]成立。乔兴奋得要命,上街去游行,边喊边挥动大旗。我一直没弄清他是从哪儿弄到那面大旗的。每当我想起那天,都会想起那股清新的空气。后来,我再也没呼吸过那么清新的空气了,再也没有。那股空气里夹杂着新叶和新芽的味道,后来再

---

[1] 此处指西班牙第二共和国时期(1931年至1939年),其中1936年到1939年爆发了西班牙内战。

也没有过。再也没有什么像那天的空气一样,扭转了我的一生。那年的四月,还有那些新芽,把我的小头疼变成了烦人的偏头痛。

"他们得收拾行李……全都上前线去!"厄尼说。他还说,国王每天晚上跟三个女艺人睡觉,王后每次上街都戴假面具。乔说,还有很多事我们听都没听过。

厄尼和马修经常来做客,马修被格丽瑟达迷得神魂颠倒。他说:"跟格丽瑟达在一起的时候,我简直快晕过去了……"乔和厄尼说,他们觉得马修脑子有病,大概是得了相思病。他三句话不离格丽瑟达,简直没法跟他聊别的。我虽然很喜欢他,但也觉得他蠢透了。他说,他们结婚后的第一天,他简直激动得受不了,因为男人比女人敏感。他还说,等到他俩单独在一起的时候,他差点晕过去。乔坐在摇椅上,往后一靠,哼了一声。他和厄尼建议马修做点运动,因为要是一个人的身体累了,脑子就会转得慢一点。况且,要是他整天都想同一件事,最后只会被送进疯人院,穿上束缚衣,绑在椅子上。他们开始讨论什么运动最适合马修。马修说,他是工头,总得跑来跑去做监工,运动得够多的。而且,要是他们叫他去踢足球,或者去港口游泳,他就会累得没法满足格丽瑟达了,那样她便会跑去找别人。几个男人总是聊这件事,但如果马修跟格丽瑟达一起过来,他们没法给马修提建议,就只好憋着不说,转而聊起共和国、鸽子和新孵出的小鸽子。因为,只要发现大家冷场了,乔就会带他们上屋顶,跟他们讲怎么养鸽子,指给他们看哪些鸽子是一对。他说,有些鸽子会偷其他鸽子的伴儿,有些鸽子总是守着同一个伴儿。如果说孵出的小鸽子很健康,那是因为他喂它们喝掺了硫黄的水。他会花好几个钟头大谈特谈"大杂烩"是不是在给"虎百合"做窝,还有我们的第一只鸽子"咖啡",就是淌着血落到我们阳台上,红眼睛、黑脚爪的那只。它的第一个孩子的脚爪是灰色的,身上有深色的斑点。乔说,鸽子跟人没什么两样,只不过鸽子会下蛋、会飞,长了羽毛,但在生养孩子这方面,它们跟人一模一样。马修说,他不是特别喜欢动物,但他永远都不会吃自家养的鸽子,因为他觉得,宰自家养的鸽子,就像杀自家人一样。乔伸手戳了戳他的肚皮,说:"等你真饿了再说吧。"

鸽子离开了鸽舍,这事全怪厄尼。因为他说,我们应该把它们放飞,鸽子就该飞,它们生来就不该被关着,就该生活在蓝天底下。说完,他就打开了鸽舍的门。乔双手捂脸,僵硬得像块石头,喃喃地说:"咱们再也见不到它们了。"鸽子们很多疑,生怕这是个圈套。它们一只接一只地离开了鸽舍,有些停在阳台的护栏上,起飞前好好地打量了一番四周。事实上,它们不习惯自由,磨蹭了半天才起飞。一开始,只有三四只鸽子飞起来。接着,总共有九只鸽子飞起来了,只剩下那些还在孵蛋的。乔见它们只是在天台的上空盘旋,脸上渐渐恢复了血色。他说,一切正常。等鸽子飞累了,它们就纷纷落下来,踮着脚尖走进鸽舍,活像做弥撒的老太婆,脑袋像发条玩具似的一摇一晃。从那天起,我再也没法把洗好的衣服晾在天台上了,因为会被鸽屎弄脏。我只好把衣服晾在后阳台上。真是多谢了啊!

十五

乔说，男孩子需要新鲜空气和宽敞的马路，不能老在屋顶的天台、阳台和奶奶的后花园里待着。他拿木头做了个摇篮，挂在摩托车后座上，然后抓起几个月大的儿子，就跟他是个包裹似的，把他塞进木头摇篮里，又拿上了他的奶瓶。每次我望着他们骑摩托车远去，总觉得那会是最后一次看见他们。恩瑞奎塔太太说，乔这个人感情不怎么外露，但他真的很爱他儿子，他做的事也很不寻常。他们一骑上摩托车开走，我就会推开临街阳台的窗户，好能听见他们回来的声音。乔会把宝宝从摇篮里抱出来，宝宝总是睡得很香。他会爬上楼来，把宝宝递给我："给你，抱好了。他呼吸了新鲜空气，身体棒棒的，能一口气睡上一个星期。"

过了一年半，安东尼生日的第二天，惊喜来了！我又怀上了！这次怀孕反应很大，我总是难受得很。乔有时会边摸我的黑眼圈，边说："紫罗兰……紫罗兰……"这回肯定是个姑娘。

我看见他们骑摩托车开走的时候,总是提心吊胆的。恩瑞奎塔太太叫我当心点,因为要是我老那么紧张兮兮的,宝宝就会在肚子里翻个儿,得拿钳子才能拽出来。乔总是说:"不知她这次会不会再扯断床柱。"他说,要是我再扯断的话,他做新床柱的时候就往里面加铁条。他还说,谁都不知道,在钻石广场上跳的那支舞让他付出了多少,以后还要付出多少。紫罗兰……小白鸽的小鼻子,在可爱的紫罗兰底下。紫罗兰……紫罗兰……

这回确实是个姑娘,我们给她起名丽塔。她差点要了我的命,因为我的血流成了河,怎么也止不住。安东尼很吃妹妹的醋,我们不得不紧紧地盯住他。有一天,我发现他站在摇篮旁边的凳子上,拿着个陀螺往丽塔的喉咙里塞。等我发现的时候,丽塔已经快憋死了,她的童花头像个中国小玩偶。我头一次动手揍了安东尼,他哭了足足三个钟头,丽塔也哭了起来,两个人都鼻涕呼哧,哭得惨兮兮的。我揍安东尼的时候,那小不点儿发起脾气来,狠狠地踢我的小腿一脚,然后一屁股跌坐在地上。我从没见过谁像他那样发脾气。马修和格丽瑟达带他们的孩子过来时,要是其中一个人说"丽塔真是个可爱的小家伙",安东尼就会冲向摇篮,爬到他能爬的最高处,伸手打妹妹,拽她的头发。格丽瑟达说:"鸽子姑娘以后有的受喽。"她的小女儿坐在她的膝盖上,长得很漂亮,可惜不会笑。格丽瑟达自己长得倒挺普通:脸色苍白,颧骨上有几粒小雀斑,薄荷绿的眼睛,腰肢纤细,身材苗条,夏天穿樱桃红的裙子,不怎么爱说话，看起来像个洋娃娃。马修老是痴痴地望着她，说："我们都结婚这么久了……感觉真不像啊……"乔会说："紫罗兰，看看那些紫罗兰……小白鸽，我的小紫罗兰。"因为生完丽塔后不久，我的黑眼圈又出现了。

为了让儿子不吃丽塔的醋，乔给他买了一把镀镍的小手枪，一扣扳机就会"嗒嗒"地响，还有一根木头球棒，然后告诉他："这是用来吓唬奶奶的。等奶奶过来的时候，先拿木棒打她，然后开枪！"乔很生他妈妈的气，因为老太太教孩子说"我身子不舒服，不想乘坐摩托车"。乔说，他妈妈太娇惯孩子了，这是她一贯的把戏，天知道她会把儿子教成什么样。安东尼还学会了一瘸一拐地走路，因为他老听见乔抱怨说他的腿疼。乔已经有一段时间没提起这事儿了，但我生完丽塔以后，他又恢复了原样："昨晚上骨头里烧得厉害，你都没听见我疼得哼哼吗？"安东尼会学他的样子，要是不想吃东西，就说自己腿疼。要是我没能赶紧端上他常吃的肝肉丸，他就会把汤碗掀到半空中，坐在高高的宝宝椅上，像法官似的挺直后背，把叉子敲得咔嗒咔嗒响。要是他不饿，就会把肝肉丸扔出老远。恩瑞奎塔太太或者乔的妈妈过来的时候，他会举起小手枪站在她们跟前，假装开枪扫射。有一天，恩瑞奎塔太太装作被打死了。安东尼兴奋极了，不停地冲她开枪。我们想聊聊天，不得不把他关在了阳台上。

十六

后来,又出了一件事——乔有时候会犯恶心。他会说:"我有点儿想吐。"他不再抱怨腿疼了,只说他有时候吃完东西就作呕。而他吃东西时总像饿了好几天似的。吃饭的时候,他似乎还挺正常,但饭后十分钟,他就开始犯恶心。木匠铺的活儿变少了,我猜他是不想承认自己的担心,所以才喊难受……

有一天早上,我拽开乔睡的那一边的床单,发现了一小块东西,看起来像一小段弯弯绕绕的肠子。我找了张纸把它包起来,乔回家以后就拿给他看。他说他会找个药剂师瞧瞧,但如果那是肠子,他就离死不远了。我实在忍不了了,下午就带孩子们去了木匠铺。乔大发脾气,问我们过来干吗,我说我们刚好路过,但他心里明白是为什么,就支使学徒去给孩子们买巧克力。玻璃门刚关上,乔就说:"我不想让那个小伙子知道,不然的话,不出五分钟,全城人都会知道。"我问他药剂师怎么说。他说,药剂师说他的肚子里有条虫,跟房子那么大,他们从来没见过那么肥的虫子。还有,他们给他开了打虫药。他又说:"等那个小伙子回来,你们就走吧,咱们晚上再说……"学徒买了巧克力回来,乔给了安东尼一些,又给了丽塔一小块舔着吃,然后我们就回家了。晚上,他一回到家就说:"赶紧上晚饭,药剂师叫我多吃点东西,免得虫子把我啃光了。"吃完晚饭,他难受得厉害,我简直受不了了。他说,他这个星期天就吃药,窍门是把虫子整条拉出来,因为如果不把它从头到尾弄出去,它就会长回去,长得比原来还长。我问他,他们说这种虫子一般有多长?他说,有长有短,具体要看时间和症状,不过通常光脖子就有一米多长。

厄尼和马修过来看他吃药,但乔叫他们走开,说想一个人待着。几个钟头后,他在过道上踉跄着走来走去,步子不稳,东摇西晃,就像不知该怎么办才好。他说,这比晕船还难受,可要是把药吐出来,之前受的苦就全白费了。他说,虫子正在他肚子里闹腾,想害他把药吐出来。孩子们都睡得像小天使一样,我则努力撑着眼皮,困得要命也不敢睡。后来,乔终于把虫子拉出来了。我们从来没见过那样的虫子,它的颜色就像没加鸡蛋的面条汤。我们把它装进果酱罐,拿烈酒泡起来。厄尼和乔把它塞进去,一圈一圈盘得紧紧的,脖子在前面,像缝衣线一样细。脑袋在最上面,比针头还要小。我们把罐子搁在碗柜顶上,接下来一个多星期都在聊它。乔说,现在咱俩打成平手了,因为我生了两个孩子,而他生了一条十五米长的虫子。

一天下午，杂货店的老板娘来看稀奇，说她爷爷也长过一条虫子，晚上打呼噜的时候卡了嗓子，最后是咳出来的，因为虫子从他嘴里探出了头。后来，我们上天台去看鸽子。杂货店的老板娘很喜欢鸽子，走的时候开心极了。送走她以后，我刚打开公寓的大门，就听见丽塔在抽抽搭搭地哭。只见她在摇篮里大发脾气，使劲儿晃胳膊，身上完全被虫子盖住了。我赶紧把虫子拿开，去追安东尼，打算好好教训他。安东尼从我身边一溜烟窜了过去，简直是在打我的脸。他屁股后头拖着一截虫子，就像那是一条彩纸链似的。

我没法形容乔发了多大的火。他想揍安东尼，我叫他别这样，说那是我们的错，因为我们不该把虫子放在他能够到的地方。从他往丽塔喉咙里塞陀螺那件事发生后，我们就知道他站上凳子能爬到多高。厄尼叫乔别老是紧张兮兮的，不然以后果酱罐里还会多条虫子，因为虫子很快就会长回去。不过幸好没有。

十七

木匠铺的生意不好,活儿越来越少。乔说,这只是暂时的,以后会好起来的。现在,大家只是心烦意乱,没空想修家具,或者是打新家具。有钱人都不喜欢共和国。我的两个孩子……我也说不好,因为当妈妈的总爱夸张,但他们真的好可爱,就像两朵花儿,虽说他们并不是拿头奖的料子。还有那两双滴溜溜的小眼睛,会盯着你瞧。当他们看着你的时候……我真不知道乔怎么忍心训儿子。只有他做了特别糟糕的事,我才偶尔训他两句。要不然,我就装作没看见。公寓已经不是原先的模样,不是我们刚结婚时的样子了。它有时看起来就像跳蚤市场,特别是在我们造鸽舍的时候,简直是疯了,所有东西都沾满了锯末、刨花和灰浆……乔没有活儿干,我们只好挨饿。我几乎见不到乔,因为他和厄尼在私底下谋划着什么。我实在不知该怎么办才好,就决定去找一份上午干的活儿。我可以把孩子们关在饭厅里,跟安东尼说明白是怎么回事。因为如果我把他当大人，好好跟他说话，他就能听进去。况且，一上午一眨眼就过去了。

找活儿这件事，多亏了恩瑞奎塔太太。我浑身发抖，独自一人站在屋子前面。不是恩瑞奎塔太太家，而是她介绍我去的那栋宅子，他们家想找个女人上午打扫卫生。我按了门铃，等了一会儿，再次按了一次门铃，又等了一会儿。正当我觉得屋里没人的时候，突然传来一个声音，正好有辆运货马车经过，轰隆声害得我没听清。又等了一会儿，我才发现，在高高的铁栅门后面，带气泡图案的磨砂玻璃上，用胶带贴着一张纸，纸上写着：请按花园的门铃。我又按了一次门铃，听见铁栅门旁边的窗户里传来一个声音："从拐角转过来！"那扇窗户露出地面半截，顶上是一座从上到下都安了栅栏的阳台。落地窗也安了栅栏。更夸张的是，栅栏后面还装了铁丝网，很像搭鸡棚用的那种，只不过质量好得多。

我在原地呆站了一会儿，不知怎么做才好，就盯着铁栅门后面带气泡图案的磨砂玻璃，看那张纸上的字，最后好不容易想明白了。我望向拐角处，因为那栋宅子建在街角。我看见大约五十米开外有座小花园，门半开着，旁边站着一位披罩袍的先生，他正招手让我过去。那位先生个头高高的，眼睛乌黑，看起来人不错。他问我是不是在找上午做家务的活儿，我说是的，然后就进了花园。进花园先要下四级台阶，台阶是砖砌的，边缘都快磨秃了。园子里有一棵茂盛的茉莉花树，开满了星星点点的小花。等到太阳下山的时候，那香味简直叫人喘不过气来。我朝左手边望去，看见花园尽头的墙上有个落水口，花园中间有座喷泉。我跟披罩袍的先生穿过花园，走向宅子。宅子从花园那一侧看是三层楼，从前头看则是带地下室的两层楼。窄长形的花园里有两棵橘子树、一棵杏树和一棵柠檬树。柠檬树最顶上和最底下的叶子生了病，长了像白色蜘蛛网似的玩意儿，结成一团团小球，里面是虫子。柠檬树对面是一棵樱桃树，落水口旁边有一株高大的含羞草，叶子没剩几片，也得了跟柠檬树一样的病。显然，这些是我后来才注意到的。要进一楼，得先穿过一个水泥铺成的小院。院子中间有个排水口。水泥地上到处是裂缝，缝里填满了泥土和沙子，蚂蚁像小兵一样列着队从里面爬出来。那一堆堆沙子全是蚂蚁弄出来的。在院墙旁边，靠隔壁邻居的那一侧，埋了四只羊皮酒袋，上面种着山茶花，它们也得了病。院墙另一侧是通往二楼的楼梯，楼梯底下有间洗衣房，还有个带滑轮的水井。院子对面是带檐的门廊，门廊的天花板就是二楼阳台走廊的地板。其实，这所谓的"二楼"，从宅子前头看就是一楼。二楼有两座阳台，都能俯瞰一楼的门廊：一座是饭厅的阳台，另一座是厨房的阳台。我也不知说清楚没有。

我跟披罩袍的先生一起进了饭厅，他是宅子主人的女婿。他叫我坐在一把靠墙的椅子上，我头顶上有一扇窗户，直抵饭厅倾斜的天花板。窗户最高处跟屋外的路面齐平,也跟我刚才穿过的花园门齐平。我刚坐下,一位白发老夫人就走了进来,她是披罩袍的先生的丈母娘。她在我对面坐下,我们中间隔了一张桌子,桌上的花瓶稍稍挡住了我看老夫人的视线。披罩袍的先生一直站着没坐下。接着,一个瘦瘦巴巴、脸色蜡黄的小男孩从藤椅底下钻了出来,藤椅上摆着印花棉布坐垫。他站在老夫人——他外婆旁边,轮番打量我们两个人。我跟披罩袍的先生谈工作的事。他告诉我,他们家有两对夫妇:他的老丈人和丈母娘,加上他和他太太。他太太是老两口的女儿,他们住在他丈母娘家里。他又补了一句:"也就是我太太的娘家。"他说话的时候老是摸喉结。他说,有些人家只需要人打零工,那种地方不适合希望收入稳定的人,因为在那里干活儿的人永远不知能拿多少钱。他开的工钱是每个钟头四分之三个比塞塔[1],但因为他们家工作稳定,付钱也爽快,我永远不用开口催钱。如果我想要的话,每天一干完活儿就能拿到钱。所以,每干四个钟头的活儿,他们只付我两个半比塞塔,而不是三个比塞塔。就像我干活儿是批发的,而不是单卖的。大家都知道,批发总是要打折的。他又补充

---

[1] 比塞塔:2002年欧元流通前西班牙使用的法定货币,1比塞塔合100分,文中提到的四分之三比塞塔合75分。

道，所有人都知道他付钱爽快，事实上是附近付钱最爽快的，不像这个月底已经欠了下个月债的穷鬼。我觉得他有点儿烦人，不过跟他讲好了工钱是两个半比塞塔。这时，那位一直没开口的老夫人说，她带我去屋里转转，好让我尽快开工。

十八

厨房在饭厅隔壁,从附带的阳台可以看见底下的门廊。灶台上装了个老式烟罩。他们已经不用那灶台了,因为现在都用煤气。烟罩里头全是烟灰,每次一下雨就会落灰,全落在灶台上。饭厅尽头有一扇玻璃门,门后面是一条走廊,走廊里摆着一个又高又宽的老式衣橱。等整栋宅子都安静下来的时候,衣橱里就会奏响蛀虫的小夜曲。它就是蛀虫们的饭厅。有时候,我大清早听见"沙沙"的声音,就会跟夫人说:"虫子赶紧啃光它好了!"

我们沿着摆了衣橱的走廊,走进一个套间,里面有起居室和相连的卧室。他们给卧室做了现代化改造,拆掉了玻璃隔门,只留下拱形的门道。卧室里有一座黑色桃花心木衣橱,穿衣镜上的玻璃都老化了,上面全是斑点。卧室里的窗户跟饭厅里的那扇一样,都是直抵天花板的。刚才老夫人叫我从拐角绕过去,声音就是从这扇窗户传出来的。窗户底下摆着一张梳妆台,台前的化妆镜也是斑斑点点。梳妆台旁边有个新式洗脸池，带镀镍水龙头的那种。卧室里有好几面墙的大书架，全都直抵天花板，后面摆着个小书橱，下半部分是木头门，上半部分是玻璃门，有块玻璃碎了。老夫人告诉我，是她女儿打碎的，就是一直跟在我们屁股后头转悠的小男孩的妈妈。她用的是一把气枪——主显节前夕[1]，她儿子收到的礼物，一把能射出橡胶吸盘的气枪。显然，她女儿很少待在这间摆满书的卧室里。她原本想打桌子上方一根绳子上挂的灯泡，可惜准头不太行，反而打破了书橱的玻璃。

"你明白了吧？"老夫人说。

卧室中间有张桌子，桌布被熨斗烫焦了一块，老夫人的丈夫晚上会在桌边看书（他是家里唯一出去工作的人，我在那儿打扫卫生的时候很少能看见他）。那张桌子可以翻开来，变成两倍长，拿来当熨衣板用。带洗脸池的那面墙和带窗户的那面墙上全是水渍，因为那几面墙有半截在地面以下，下雨的时候水会渗进来，顺着墙往下淌。在摆着蛀虫衣橱的那条走廊尽头，老夫人推开一扇小门，里面有个大浴缸，他们叫它"尼禄的浴

---

[1] 主显节前夕（Twelfth Night）：即十二天圣诞节节期的最后一夜。主显节为庆祝救世主耶稣基督在降生为人后首次显露给外邦人的节日。其中"三王"指带礼物来拜见耶稣的东方三王，也称"东方三博士"。

缸"[1]。浴缸是正方形的,贴着老式的瓦伦西亚瓷砖,砖缝根本没对齐,大多数瓷砖都开裂了。老太太说,他们只在夏天最热的时候才泡澡,平时只冲淋浴,因为得把大海倒空才能填满那个浴缸。暗淡的阳光穿过玻璃气窗射下来,那气窗直通楼上大门的旁边,也就是装了铁栅栏、用胶带贴着字条的那扇门。他们有时候会拿一根竹竿把气窗撑起来,给浴室通通风。我问,要是大人洗澡的时候,小孩突然掀起窗子往里瞧怎么办?老夫人说:"快别说了。"没贴瓦伦西亚瓷砖的天花板和墙上全是水渍,跟套间的墙一样。要是凑近了看,那些水渍会像玻璃一样闪闪发光。老夫人说,最糟糕的是,浴缸排水特别慢,因为街上的排水管比浴缸的地势高,有时候水压不足,没法把脏水排出去,还得用平底锅舀水,拿抹布吸水。我们沿着螺旋楼梯上了一楼。楼梯半中央开了一扇临街的窗户,窗外就是花园门面对的那条街。全家人都在楼上的时候,会通过那扇窗户冲按花园门铃的人喊话,叫他们绕过拐角,从用胶带贴着字条的门进来。从那扇窗户,能看见那个虫蛀的衣橱顶上积满了灰。接着,我们进了门厅,小男孩还跟在我们后头。门厅对面摆着一只颜色暗淡的雕花木箱,还立着个衣帽架。那架子活像翻过来的雨伞,上

---

[1] 尼禄:古罗马乃至欧洲历史上著名的暴君,以奢侈荒淫著称,曾兴建富丽堂皇的大型热水浴场。

面挂满了衣服和帽子。要是乔看见那只木箱,肯定会对它一见钟情的。我怎么想的就怎么说给老夫人听。她伸手抚摸箱盖上的图案,问我:"你知道上面画的是什么吗?"

"不知道,夫人。"

箱盖中间有一个男孩和一个女孩,两个人四目相对。我说的是他们的脑袋、大鼻子和厚嘴唇。老夫人说:"上面画的是一个永恒的主题——'爱'。"她的外孙听了哈哈大笑。

接着,我们走进了一间卧室,卧室的阳台是临街的,就在老夫人冲我喊话的那扇窗户正上方。那也是个套间,包括翻新过的起居室和相邻的卧室。起居室里摆着一架黑钢琴和两把扶手椅,椅垫是粉色丝绒的。还有另外一件家具,腿看起来怪怪的,像马腿那么长。老夫人说,她特地叫家具装潢师做成这种腿,好撑起镶贝母的小五斗橱。她说,那是牧神[1]的腿。床是件古董,每根床柱都是闪闪发光的黄铜圆柱。床头上方有个小壁龛,里面摆着一尊木制的耶稣受难像。耶稣穿着金红两色的束腰长袍,神情痛苦,两手被绑在一起。老夫人说,这间卧室原本是小两口的房间,但现在睡在这里的是老两口,也就是她和她丈夫,因为楼下总有车开过,吵得她女儿睡不着觉。她女儿

---

[1] 牧神:希腊神话中的自然神,形象为半人半羊,头上长羊角,下半身为羊腿,是创造力、音乐、诗歌与性爱的象征,同时也是恐慌与噩梦的标志。

宁愿睡在后面，靠花园的安静房间。摆着耶稣受难像的床边有一扇小门，通往一间没窗户的小卧室。里面摆了一张带蓝色蚊帐的床，就没地方摆其他东西了。那是老跟在我们后头的男孩的卧室。接着，我们走进起居室，我惊讶地盯着一只箱子瞧。那是一只通体镀金的蓝箱子，底部一圈画着彩纹，箱盖上的浮雕是女圣徒尤拉莉亚[1]，她的一只手里拿着一朵白百合花。旁边有条恶龙，龙尾绕着一座光秃秃的山，龙嘴大张，吐出三条火舌，好似三道火焰。老夫人说，那是个哥特式的嫁妆箱。箱子对面是阳台，就在饭厅那扇直抵天花板的窗户正上方。从孩子的卧室出来，右手边也是一座阳台，就在门廊正上方。她没法带我去看小两口现在的卧室，也就是老两口以前的卧室，因为她女儿正在里面休息。她和男孩踮起脚尖，轻手轻脚地往前走，我也照做了。我们从一楼的门廊出来，沿着洗衣房和水井顶上的楼梯，下到水泥小院里。院子里堆满了球，因为男孩喜欢在那里玩。老夫人告诉我，她女儿需要休息，因为她病了。她还说，她女儿得病是因为搬了几盆山茶花，第二天早上就尿血了。医生说，得开刀检查一下她的肾，才能确定是什么毛病。那个人不是她的私人医生，因为她的私人医生刚好去度假了。那医生

---

[1] 女圣徒尤拉莉亚（Santa Eulalia）：罗马帝国时期的少女殉教徒，由于拒绝向罗马神灵献祭而被残忍迫害致死。

说这话的时候，他们就站在大门前的大理石台阶上，旁边就是浴缸顶上的气窗。

我离开前，老夫人教我怎么从街那边开花园的小门。以前，那扇门底下是铁板，上半部分是铁栅栏，但小屁孩经常把垃圾扔进他们的花园里，有一次甚至扔了一只死兔子进来。她的女婿，也就是那位披罩袍的先生，就拿木板从里面把栅栏的缝堵住了。临街那一侧的门上还能看见栅栏和锁眼，但从花园那一侧只能看见锁眼。只要门没上锁，就能从临街那侧开门，而他们只有晚上才上锁。只要拽住锁眼一拉，把门拽出一条缝，然后伸手进去，从墙边的钩子上取下挂链的搭环就行了。开门的法子很简单，但得知道窍门才行。要问我为什么滔滔不绝地说了这么多，那是因为我直到现在还觉得那是一座迷宫。他们的声音总在屋里回荡，冲我大喊，可我永远也弄不清人在哪里。

十九

乔说,我想出去工作,那是我的事,但他会努力养鸽子。他说,我们能靠鸽子发家致富。我去找恩瑞奎塔太太,去告诉她,我跟未来的东家谈过了。走在路上,我觉得街道似乎变窄了,其实它们跟往常一样。一进屋,安东尼就爬上椅子去看龙虾挂画。恩瑞奎塔太太说,她可以替我照看孩子们,带他们去斯玛特影院的街角卖小吃,让他们坐在她身边的小椅子上。我们说的话,安东尼全听懂了。他爬下椅子,说他宁可待在家里。我告诉恩瑞奎塔太太,安东尼能在街边的椅子上坐一上午,因为他乐意的时候会很听话,但可怜的丽塔还是个小宝宝呢。伴着我们叽叽喳喳的聊天声,丽塔已经打起了瞌睡。安东尼又爬回椅子上,直勾勾地瞪着龙虾挂画。外面下起了毛毛雨。我也不知道为什么,但每次我去见恩瑞奎塔太太都会下雨。要是没下雨,就会感觉不对劲儿。雨点顺着晾衣服的铁丝往下淌,水珠越拉越长,最后变成水滴掉了下来。

我到那栋大宅子干活儿的头一天，真是好笑！我洗碗洗到一半，水龙头突然不出水了。老夫人喊来披罩袍的先生。他气冲冲地走进厨房，扭开水龙头，见一滴水也没流出来，就说他要上天台去，看看出了什么问题。因为蓄水池常年都是半开着的，方便看到底是水位太低，还是树叶堵住了出水口，害得水流不下来。老夫人说，等消息的时候，我就去打扫饭厅好了。我心里却在想，我的两个孩子被关在家里，锁在饭厅里，因为乔说恩瑞奎塔太太看不好孩子，说她经常走神，总是迷迷糊糊的，孩子们可能会溜出去，跑上马路，被车撞倒。我拿了块抹布去擦灰，因为老夫人说用鸡毛掸子只会把灰掸到半空中，你一转过身去，灰又落回了刚掸过的地方。我正擦着呢，老夫人的女儿下楼来，跟我打了个招呼，我觉得她看起来气色不错。老夫人叫我去井里打桶水来，把那扇直抵天花板的窗户擦干净。那窗户跟外面的街道齐平，经常有汽车和卡车经过，所以窗玻璃总是灰蒙蒙的。下雨的时候则会溅满泥点，这儿一块、那儿一块的，我怎么擦也擦不完。披罩袍的先生下了天台，顺着通往门厅的螺旋楼梯走下来，大声说水位没降到最低，出水口也没被堵上，下不来水肯定是因为街上的出水口被堵住了。于是，老夫人叫我从井里打几桶水，好把碗洗完，虽说她很怕那口井，因为她一直相信井里淹死过人。可是，自来水公司的人可能得过两三天才会来，我们可不能把脏碗碟搁着那么久不洗。

我打了好几桶水，终于把碗洗完了。老夫人帮忙一一擦干。

她女儿已经不知跑哪儿去了。然后，我去铺床，走的是洗衣房顶上的楼梯。男孩在喷泉旁边玩，以为旁边没人，就往喷泉里扔了一把沙子，然后才看见我。他顿时小脸煞白，眼睛都直了，仿佛整个人变成了石像。我在主卧里铺床，就是那间阳台在窗户正上方的卧室。我头一天来的时候，喊我从花园走的声音就是从那扇窗户传出来的。我正铺床呢，老夫人突然在浴室里喊我，声音通过大门边的气窗传了过来。她叫我打开煤气柜，里面有一张卡纸，上面有折痕。她让我拿卡纸遮住叫人按花园门铃的告示，因为要是自来水公司的人来了，发现得绕上一大圈，说不定会发火的。折过的卡纸可以立着放，他们做成这样，就是为了不用每次都先粘上再揭下。我把空白卡纸插进窗玻璃和告示中间，折痕正好让它稳稳地卡在那里。老夫人上楼来，看我是不是听懂了该怎么做。她演示给我看，只要拔掉插销，就能打开铁栅栏后面的玻璃窗，方便擦洗。只不过有时候脏东西会卡住插销，得拿锤子才能敲开。她告诉我，窗户和栅栏能分开是很实用的，因为要不然的话，伸手穿过栅栏去擦玻璃可麻烦了。她还说，这些栅栏是桑兹区一个铁匠做的，不是她常用的圣格瓦西区[1]的铁匠。她女婿骗桑兹区的铁匠说，他是一片大

---

[1] 此处指塞里亚－圣格瓦西（Sarrià-Sant Gervasi），巴塞罗那最大的区，也是富人区，位于城市西北部。前文提到的"桑兹区"为巴塞罗那的平民居住区。

工地的承包商，要盖很多房子，需要五十多副栅栏，现在做的这个是样品。他可没法用这话骗圣格瓦西区的铁匠，因为那人跟他很熟，知道他在家靠收租过日子。这样，他几乎没花钱就弄到了那副栅栏，而桑兹区的铁匠还眼巴巴地等他的大订单呢。我没有听见先生进屋的声音，因为他肯定是从花园的小门进来的。下午一点，他付了我工钱，我就沿着大街朝家里跑去。穿过主街的时候，我差点儿被一辆电车撞上，幸好被不知哪位守护天使救了一命。孩子们都很乖，丽塔躺在地板上睡着了，安东尼一看见我就抽抽搭搭地哭了起来。

二十

第二天早上,自来水公司的人来了,我去给他开的门。披罩袍的先生马上就过来了,凄凄惨惨地抱怨:"我们从昨天起就断水了,没法给孩子洗澡,一晚上都没睡好……"

自来水公司来的人是个大高个,留着八字胡。他一边拧开门外井盖底下的阀门,一边抬头看了一眼,笑了笑。接着,两位男士上天台去看水箱、测水位。下来以后,披罩袍的先生给了自来水公司的人小费,那个人就盖好井盖走了。我从螺旋楼梯下了楼。先生从花园那边的楼梯下来,叫我拿个能装几升水的空瓶,陪他上天台去测水位,因为自来水公司的人测得太快了。他觉得那个人还不错,可现在的水位是平常的两倍。我们上楼去,我拿着瓶子,先生盯着手表看时间。隔壁天台上有位太太跟他打招呼,他就跟那个人聊了起来。那是他们的房客,住在隔壁宅子里。那栋宅子虽然装修得不如他们住的这栋好,但也是他们家的产业。瓶子装满以后,我喊了先生一声,他马上就过来了，罩袍下摆在他身后迎风飘荡。他瞥了一眼表，说他从来没见过水量这么大。那瓶子以前要花六分钟才能装满，这回只花了三分半钟。那天晚上睡觉前，我给乔讲了铁匠和铁栅栏的故事。他说，越有钱的人越抠门。

过了几天，我就懒得按门铃，直接拽开花园的小门，解下门上的链条，走进屋里。我发现老夫人和她女婿坐在阳台窗边的藤椅上，先生的眼睛青了一块。我走进厨房，去洗昨天剩的脏碗碟。老夫人过来帮我。

她告诉我，他们遇上了大麻烦。她问我有没有看见她女婿的眼睛，我说，一进门就瞧见了。她说，他们有个房客，住在窝棚里，在里面开了个小工厂，拿硬纸壳做小马。她女婿发现那个人做纸马赚了大钱，就想涨租金。他是午饭时间过去的，发现房客坐在饭桌前。显然，那家人吃、住、干活儿都在同一间窝棚，桌子和床摆在屋子的角落里。她女婿把涨租金的字据递给房客，房客说不能涨价。她女婿说当然可以，房客说就是不行。最后，房客发了火，抓起盘子里的羊骨头，朝她女婿扔了过去。她女婿也是够倒霉的，刚好被砸中了眼睛。老夫人说："你进来的时候，我们正说要找律师呢。"这时，门铃响了。老夫人问我能不能去开门，因为她还没洗脸。我问她响的是哪个铃，因为我弄不清铃声是从哪里传来的。老夫人说，她听见花园的门铃响了，铃声是从阳台传过来的。要是前门的铃响，声音就该从楼上的门厅传来。她说："如果那人是看了报纸上的租房广告来的,就说我们只租给没孩子的人,还有那房子有三座屋顶天台。如果他们没意见,你就喊我。我们再请他们进来,我女婿会讲具体的条件。开门的时候慢点,你知道的,那门是朝外开的,开得太猛可能会伤到外面的客人。"

我去开门,门外站着一对上了年纪的夫妇,衣服穿得很考究。他们说,他们把车停在前门,按了半天门铃也没人应,后来发现了牌子,才来按花园的门铃。

"我们看到了租房广告,是来看那栋大房子的,你知道吗?"

那位先生递过来一张小剪报让我看。我试着看了看,但一点也没看懂,因为上面是一个字母加一个句号,再是一个字母加一个句号,然后是两个字母加一个句号,接下来是更多的字母加更多的句号,就是没有一个完整的单词。我一点也没看懂,就把剪报还给了他,告诉他房东不想租给有孩子的人。那位先生说,他们是帮儿子来看房的。他儿子有三个孩子,租大房子当然是因为有孩子。他半生气半好笑地问:"我儿子该拿孩子怎么办?难不成要去找希律王[1]帮忙?"

---

[1] 希律王(King Herod):罗马统治时期的犹太国王,其执政时期,耶稣降生在犹太伯利恒,东方三王夜观星象,前往耶路撒冷询问新诞生的犹太人之王在何处。希律王获悉后勃然大怒,下令将伯利恒境内两岁以下的男孩全部杀死。文中的"找希律王帮忙"暗指杀死幼儿。

他们连"再见"都没说就走了。老夫人在喷泉边等我。喷泉顶上立着个石像,是个坐着的男孩,头戴蓝绿相间的帽子,颜色都快褪光了。男孩手里拿着一束鲜花,喷泉的水从一朵小雏菊的花心里冒出来。先生站在门廊上,瞪着我们瞧。他正在刷牙,脖子上搭着条毛巾。因为浴室里的水龙头坏了,他们拿绳子把水龙头捆了起来,免得水不停地往外冒,所以他只好在厨房里刷牙、洗脸。我告诉老夫人,外面是两口子,一听不租给有孩子的就气跑了。我告诉她,他们在前面按了半天门铃,一直没人来应门,简直气坏了。老夫人说,有时候有些烦人的家伙明明看见牌子了,还在那儿不停地按铃,所以他们就把门铃断了电,谁想按就按去吧。等先生刷牙的时候,我们正好看见喷泉里的金鱼。那条金鱼是男孩在主显节收到的礼物,所以他们给它取了东方三王之一的名字——巴尔萨泽[1]。我问老夫人,为什么不租给有孩子的人。她说,孩子总是把东西弄得乱七八糟,她女婿不乐意。我们正准备进屋去,我刚踏上水泥小院,花园的门铃又响了!都怪那个破租房广告!我跑去开门,外头是个小伙子。他开口说的话就是:"这房子简直是个迷宫!他们只给你个地址,你得绕上三个钟头,才能找对门铃!"

---

[1] 东方三王:请参见第十八章注释"主显节前夕"。巴尔萨泽(Balthazar):阿拉伯国王,前往耶路撒冷拜见耶稣的东方三王之一,为新生婴儿耶稣送上没药作为礼物。

我的东家总有房子要出租，我老得跑去开门，给人家说要求。有时候，得花三四个月才能租出一套房子，因为我的东家挑剔得很。

我决定把孩子交给恩瑞奎塔太太照看，因为老把他们关在家里也不是办法。她同意带上他们，还用围巾把丽塔拦腰绑在椅子上。她说，早就该把孩子交给她带了。我不许她给孩子们吃花生，因为他们会吃撑的。我也让孩子们保证不问她要花生，因为花生如果吃得太多，他们就没胃口吃午饭了。不过，这种安排没持续多久。安东尼总是无精打采的，说他想待在家里，不想待在街上，说我应该把他留在家里，他想待在家里。于是，我就把他们留在了公寓里，因为他们单独在家的时候，确实没出过什么不好的事。

直到有一天，我从前门进屋，听见翅膀扑棱的声音。安东尼在阳台的走廊上，背对着阳光，一条胳膊搂着丽塔的肩膀，两个人都默不作声。不过，我一到家就忙着做午饭，没太在意他们。后来，我带他们去玩鸟饲料。他们每个人有一小盒鸟吃的谷子，可以拿谷子在地上摆图案——马路、花朵和星星。

那时候，我们已经有十对鸽子了。有一天吃午饭的时候，乔见完一位先生准备回家，刚好在我做工的地方附近，就顺道过来接我。我把他介绍给老夫人，然后就跟他一起离开了，顺道把老夫人写的购物单交给杂货店老板。我从杂货店出来以后，乔问我有没有发现，这家杂货店的鸟饲料是他见过的质量最好的。他还说，他在我们谈恋爱的时候就发现了。他叫我回店里买上五千克。杂货店老板亲自帮我称。他是个像厨师皮特一样的年轻小伙，个子高高的，头发梳得整整齐齐，脸上有几粒得天花留下的麻子。老夫人总说他要价公道，还说他为人老实，不会缺斤少两，而且不爱说话。

二十一

日子一天天过去,我觉得越来越疲惫。我回到家的时候,孩子们通常已经睡着了。我在饭厅的地板上给他们铺了条毯子,上面摆了两个枕头。我常常发现他们睡着了,通常是紧紧地靠在一起,安东尼伸出一条胳膊搂住丽塔。但有一天,我发现他们没睡觉,小丽塔盯着安东尼"嘻嘻……嘻嘻……嘻嘻"笑个没完,安东尼伸出一根手指压在嘴唇上:"嘘。"然后,丽塔又开始笑了:"嘻嘻……嘻嘻……嘻嘻……"笑得很古怪。我想知道是怎么回事。有一天,我一干完活儿就往回冲,中途没有停下,早早回到了家,像个小偷似的轻轻打开门,转动钥匙的时候大气都不敢出。后阳台上到处都是鸽子,有些鸽子还飞到了屋里的过道上,孩子们却不见踪影。有三只鸽子一看到我,就急忙冲向临街的敞开式阳台,然后飞走了,只留下几根羽毛和几道影子。还有四只鸽子用最快的速度冲向后阳台,扑棱着翅膀,一蹦一跳的。我跑到后阳台,它们转过身来看我,被我挥动的胳膊吓了一跳，也飞走了。我开始找孩子，每张床底下都找了，最后才在黑漆漆的卧室里找到了他们。就是安东尼小时候，我们为了能睡个好觉，把他关在里面的那个小房间。丽塔坐在地板上，裙子上停着一只鸽子。安东尼面前有三只鸽子，他正喂它们吃谷子，鸽子直接从他手里啄着吃。我刚说了声"你们到底干吗呢"，鸽子就扑棱起来，纷纷撞上了墙。安东尼双手捂脸，哇哇大哭起来。赶那些鸽子出去真麻烦……真好笑！显然，每当我不在家的时候，鸽子就成了公寓的主人。它们会从后阳台进来，沿着过道往前走，再从临街的阳台飞出去，然后绕回鸽舍。这就是为什么我的两个孩子学会了保持安静，免得吓到鸽子，好跟鸽子做伴。乔觉得这是一件好事。他说，鸽舍就像心脏，血会流遍全身，然后回到心脏。鸽子离开鸽舍——也就是心脏，绕过整间公寓——也就是身体，最后回到鸽舍——也就是心脏。他还说，我们当然会养更多的鸽子，因为养它们几乎不花钱，而且也不麻烦。鸽子们掠过天台的时候，会扑棱着翅膀，像闪电似的迅速上升，然后再盘旋落下。它们会啄阳台的栏杆，吃上面的灰浆，把护墙的一侧都啄秃了，露出光秃秃的砖头。安东尼会径直穿过鸽群，丽塔跟在他后面，两个人一点儿也不怕：有些鸽子会给他们让道，有些则会跟在他们后面。孩子们只要坐在屋顶天台的地上，马上就会被鸽子团团围住，可以随便摸。乔告诉马修，既然鸽子已经习惯了公寓，他想把鸽子窝放在阁楼底下的小卧室里。只需要在卧室的天花板上开个洞，再装一扇活板门，鸽子就能很方便地从鸽舍进到公寓里了。马修说，房东可能会不同意。乔说，房东永远都不会发现的，只要我们把鸽子养得干干净净的，房东就不会抱怨。乔还说，他想开始繁育鸽子，这样我们就能开个养鸽场，我和孩子们可以照看鸽子。我告诉他，他简直是疯了。乔说，女人就是霸道，他知道自己在做什么，也知道为什么要做。他们真是说干就干。马修凭着圣徒一样的耐心，在天花板上开了个装活板门的洞口。乔想做个梯子，但马修说，他可以从工作的地方拿一架过来。那玩意儿虽然有点儿旧，有点儿长，但只要锯掉一两节就能用。

　　后来，乔在楼下放了几个鸽子窝，又把几对鸽子锁在小卧室里，让它们习惯通过梯子上天台，而不是在公寓里飞来飞去。那些鸽子生活在一片黑暗中，因为乔关上了活板门。活板门是用木板做的，只要在外面拽一下金属拉环，就会朝上打开。要是从里面开，你就得爬到梯子顶端，用脑袋和肩膀顶开它。我们一只鸽子也没宰过，因为孩子们会又哭又喊。我走进卧室打扫卫生，打开电灯，灯光会晃花鸽子的眼，它们就站在原地一动不动。看到这一幕，厄尼简直要气疯了，嘴巴比以往任何时候都要歪："这些鸽子简直是在坐牢！"

　　关在黑暗中的鸽子下了蛋，孵出了小鸽子。等小鸽子全身长出羽毛，乔就打开了活板门。通过他在卧室门上预留的小洞，我们看着那些鸽子顺着梯子一只接一只地上了天台。乔高兴极了……他说，我们可以养八十只鸽子，等它们和它们生的小鸽子能卖出好价钱，他就可以考虑卖掉木匠铺，买一小块地皮。马修免费弄些材料来，在那里盖栋房子。每天下班回家，乔就匆匆忙忙地吃晚饭，都没注意吃的是什么。他会叫我赶紧清理桌子，然后趴在草莓色流苏的吊灯下写写算算。为了不浪费，他用的都是废纸：这么多对鸽子，这么多只小鸽子，需要这么多谷子，这么多茅草……真是一大笔钱啊！

鸽子花了三四天时间学习怎么爬上天台。住在天台上的鸽子已经不认识它们了，会用尖嘴啄它们，这也算是一种欢迎方式吧。最生气的是那只白鸽，就是淌着血飞到我们阳台上的第一只鸽子。等天台上的鸽子跟楼下卧室里的鸽子混熟了，它们也会飞到下面来瞧瞧。

乔说，我们的房子会建在巴塞罗那的高处，他会把鸽子养在一座特别的塔楼里。一道斜坡从塔底一直绕到塔顶，墙上摆着一个个鸽子窝，每个窝旁边都有一扇窗户。塔顶有座天台，上面是铺了瓦片的尖顶，鸽子会从屋顶下面飞出来，绕着提比达波山打转。他说，鸽子会让他出名的。等他有了自己的房子，不用再做木匠的时候，就搞搞杂交配种，总有一天会得大奖。不过，因为他喜欢做木工，所以他会让马修搭个工棚当木工作坊，只给朋友们打家具。他喜欢干木工活儿，只是不喜欢跟骗子打交道。因为虽然好人很多，但骗子也不少，剥夺了他工作的乐趣。厄尼和马修来做客的时候，他们三个人总在聊乔的宏伟计划。直到有一天，恩瑞奎塔太太告诉我："乔送掉了三分之二的鸽子，只因为他喜欢送人。而你还在那儿忙得累死累活的……"

二十二

我满耳朵都是鸽子的咕咕声，怎么也赶不走，浑身上下都是鸽子的味道。天台上的鸽子，公寓里的鸽子，就连做梦梦到的都是鸽子。我真成了"鸽子姑娘"。厄尼说："我们要造个喷泉，喷泉顶上是小白鸽的塑像，手里捧着一只鸽子。"我沿着大街往前走，去东家那里干活儿的时候，鸽子的咕咕声就追在我后面，像大黄蜂似的在我脑子里嗡嗡作响。有时候，老夫人跟我说话，我在想别的，没有回答，她就会问："你没听见我说话吗？"

我没法告诉她，我耳朵里全是鸽子的咕咕声，要么手上全是鸽子水槽里的硫黄味，要么就是它们食盆里的谷子味。我把谷子放进食盆，确保它们不会从边缘溢出来，也不会堵住，能顺利地从小孔落下去。我没法告诉她，要是孵了一半的鸽子蛋从窝里掉出来，就算我用手指捏住鼻子，那股臭味也会害得我直作呕。我没法告诉她，我满耳朵都是小鸽子求食的叫声。它们全身毛茸茸的，嫩黄色的羽毛从暗紫色的皮肉里支棱出来。我没法告诉她，我只能听见鸽子的咕咕叫，因为它们占据了我的家。要是我忘了关上通往卧室兼鸽舍的门，鸽子就会飞得到处都是，还会像疯了似的不停地蹿到阳台上。之所以会发生这一切，就是因为我不得不出门到她家干活儿，还因为我累得要命，没力气在该拒绝的时候一口拒绝。我没法告诉她，我没什么好抱怨的，因为这是我自己造成的。要是我在家里抱怨一声，乔就会喊腿疼。我没法告诉她，我的两个孩子就像没人照看的鲜花，我的家原本是天堂，现在却变成了地狱。每天晚上，我送孩子们上床睡觉，掀起他们的睡衣，胳肢他们的肚脐眼，逗得他们咯咯笑的时候，耳朵里全是鸽子的咕咕声，鼻子里全是新生小鸽子热腾腾的臭味。我感觉自己全身上下，头发里、皮肤里、衣服里都沾满了鸽子的味道。一个人待着的时候，我会闻自己的胳肢窝。梳头的时候，我会闻自己的头发。我实在搞不懂，大鸽子和小鸽子的臭味怎么会钻进我的鼻子，怎么也散不掉，差点把我熏晕过去。不过，我把这些一五一十地告诉了恩瑞奎塔太太。她站在那儿，说我是个胆小鬼，还说要是换成她，就绝对不会忍着，打一开始就不会让这种事发生。

我很少见到乔的妈妈，因为她年纪越来越大，身子骨很虚，住得又太远，不方便来看我们，我星期天也没时间去看她。有一天，她突然过来了，说想看看鸽子。她抱怨道，乔很少带孩子们去看她，就算去了也是三句话不离鸽子，说很快就能靠鸽子发家致富了。安东尼说鸽子喜欢跟着他,他和丽塔聊起那些鸽子的时候,就像把它们当成了弟弟妹妹。乔的妈妈听见小卧室里有鸽子咕咕的叫声,大吃一惊,说只有她儿子才想得出这种点子,还说没想到我们会让鸽子进房间。我带她上天台,从阁楼的活板门往下看,她突然犯起了头晕。

"啊,要是乔的鸽子生意做得还不赖……"

她看见食盆里的硫黄,说只能用来喂母鸡,因为鸽子吃了会伤肝。她说这话的时候,屋顶的天台上全是鸽子。它们才是天台的主人,像人一样来来往往、飞进飞出,沿着栏杆走来走去,伸出尖嘴啄砖墙上的灰浆。它们飞起来的时候光影交错,从我们头顶掠过,影子落在我们的脸上。乔的妈妈抡圆了胳膊,像风车一样旋转,想把鸽子轰走,可它们看都懒得看一眼。公鸽子绕着母鸽子求爱,尖嘴朝天,尾羽张开,翅膀拖地。它们不停地进出鸽子窝,吃谷子,喝掺了硫黄的水,肝一点问题都没有。乔的妈妈等晕眩过去,说想去看看鸽子窝。正在孵蛋的鸽子浑身热乎乎的,用亮晶晶的眼睛打量我们,尖嘴张开,嘴里黑乎乎的,上面的两个小洞是鼻孔……球胸鸽昂首挺胸,像国王一样,修女鸽蓬起羽毛,扇尾鸽焦躁不安,离开了窝。

"想看看它们下的蛋吗?"我问她。

"还是别了,"乔的妈妈说,"它们会不肯孵蛋的。鸽子的疑心重,不喜欢生人。"

二十三

来我们家一个星期后,乔的妈妈过世了。大清早就有个邻居跑来告诉我们这件事。我把孩子们留给恩瑞奎塔太太照看,说随便她怎么带都行,然后陪乔去看他妈妈。门环上系了个黑色大蝴蝶结,在初秋灰蒙蒙的早晨,被轻风吹得微微晃动。逝者的卧室里有三位邻居太太。她们撤掉了四根床柱还有十字架上的蝴蝶结,还帮逝者换好了寿衣——一条黑色连衣裙,薄纱衣领里支棱着细棍,裙摆镶着柔软的丝绒。床脚下倚着个大花圈,全是用绿叶扎的,一朵花都没有。

一位高个子邻居太太晃了晃细长的手指,说:"别介意花圈上没花,那是她想要的。我儿子是花匠。我早就跟她约好了,要是她走在我前面,她就要个没花的花圈。她这人很固执,老是说不要花……不要花……小姑娘才要花呢。我们说好了,要是我先走,她会送我一个扎满时令鲜花的花圈,才不要那种用稀罕品种或者新品种扎的无用花圈呢。我觉得,花圈没有鲜花,就像大餐没有甜点。明白了吧？结果，她先走了……"

乔问："那我要做什么？花圈都已经有了。"

"要是你乐意的话，可以付一半的钱……那样的话，就算咱俩都有份儿了。"

另一位嗓音沙哑的邻居太太插嘴："要是我朋友有点儿私心，就会叫你请她儿子再做个花圈，因为一辆车可以装下很多花圈。况且，体面的葬礼总会多雇一辆车，装前一辆车装不下的花圈……"

"我儿子是专门做花圈的。我朋友知道，是因为他跟她说过……他也做假花和花圈。"

她说，她儿子拿珠子做的花圈能保存一辈子。他会用珠子做各种各样的花：山茶花、玫瑰花、蓝鸢尾、小雏菊……连花带叶都是用珠子和小树枝做的，颜色可漂亮了。他穿珠子用的是铅丝，历经墓地的风吹雨打也不会生锈。

第三位邻居太太难过地说："你妈妈不想让花圈上有花。她的死法很不一般，像个圣徒，像个孩子。"她双手紧扣，搁在围裙上，望着死者。

乔的妈妈躺在玫红色的床罩上，就像一具蜡像。她没穿鞋。邻居太太们拿安全别针穿过她左右两边的长筒袜，好让两只脚并拢。她们说，她们摘了她脖子上的金项链和手上的戒指，说着就交给了乔。儿子当花匠的邻居太太说，在过去的三四天里，乔的妈妈晕过去好几次，情况很糟糕，就像看鸽子那天一样。

她怕极了，不敢出门，生怕摔倒。那位太太边说话，边伸手梳理乔的妈妈的头发，梳了两三遍，边梳边问："你们不觉得她的头发梳得很漂亮吗？"接着，她又说，乔的妈妈还活着的时候，头天晚上觉得不好了，就去敲她家的门。她跟她儿子把乔的妈妈送回了家，因为乔的妈妈打算离开的时候，已经走不了路了。她跟她儿子一起想法子把乔的妈妈扶上了床……她真希望自己的头发能有乔的妈妈的那么漂亮。

嗓音沙哑的太太走到床边，伸手摸了摸乔的妈妈的脑门，说："她们一发现她的灵魂升天了，就帮她洗手、洗脸，埃拉迪神父还来得及给她画'十'字。"她们说，给她穿寿衣挺轻松的，因为她事先全准备好了，还经常给她们看衣橱里的那条裙子。那条裙子挂在带软垫的衣架上，免得肩膀变形走样。她生前一再叮嘱她们，要是她走在前头，她们替她穿衣服的话，千万别给她穿鞋，因为要是别人说的是真的，那死者真会重返人世。她想静悄悄的，不想打搅别人。乔说不知该怎么谢谢她们才好。儿子当花匠的太太说："我们都很喜欢你妈妈，她总是那么有活力，爱给别人帮忙……真可怜……给她穿衣服之前，我们给她换上了带护身符的腰带，这样她就能高高兴兴、清清爽爽地上天堂了。"

话最少的邻居太太坐下来，用指尖拽了拽连衣裙的两处褶皱，把连衣裙扯平整，然后盯着我们看。过了一阵子，因为没人说话，她就对乔说："你妈妈真的很爱你……还有你的孩子们。但有时候她会说，她真正想要的是女儿。"

儿子当花匠的太太提醒她："有些事最好还是别说了，特别是在有些时候……妈妈刚去世，就告诉儿子，他妈妈更希望要女儿，就像你刚才做的那样，可不太合适。"乔说，这不是什么新鲜事，因为他小时候，他妈妈为了圆梦，会把他打扮成小姑娘，还让他穿女孩子的睡衣。就在这时，有位邻居太太没敲门就进来了。她跟我们一起吃过午饭，就是乔说没放盐的那次。她手里捧着一束三色堇，说该联系殡仪馆了。

二十四

厄尼和乔一直在聊入伍的事,说他们该去当兵,做该做的事了。我告诉他们,参军是件好事,但他们已经当过兵了。我叫厄尼放过乔,别怂恿他去当兵,因为我们现在已经很头疼了。结果,厄尼整整一个星期都没正眼瞧我。有一天,他来见我,问:"当兵到底有啥不好?"

我告诉他,这事还是留给别人去做吧——那些跟他一样没结婚的人。我不会拦着他去,但乔有家人要照顾,家里的事就已经够多的了,况且他年纪也不小了。厄尼说,乔很快就会精神抖擞的,因为他们要去山里受训了……我告诉他,我不想让乔去当兵。

我简直快累死了。做工累得要命,活儿堆积如山。乔没看出我需要帮忙,而不是一辈子都忙着帮别人。可是,没人在意我,人人都只想着向我索取,就像我这个人没需求似的。乔带回了更多的鸽子,然后又转手送出去!每到星期天,他都会跟厄尼一起出门。虽然他告诉我们，他想给摩托车买个挎斗，这样就能全家一起去兜风了。他骑在前面，安东尼坐在后面，我和丽塔坐在挎斗里。但就像我说的，他星期天总跟厄尼一起出去，我猜是去当兵受训了，因为他们满脑子都想着这事儿。乔有时候还会喊腿疼，但很快就不作声了，因为儿子开始把抹布绑在腿上，瘸着脚在饭厅里走来走去。丽塔跟在哥哥后面，两只小胳膊在空中挥舞。乔大发脾气，说我没把孩子教好，他们野得像两个小吉卜赛人。

有一天下午，孩子们在午睡，有人敲了前门：敲两下是找我们，敲一下是找二楼的邻居。我下楼去，拽门绳开门。来的是马修，他在楼下大喊，说马上就上来。我一看见他，就知道大事不妙。他坐在饭厅里，跟我聊起了鸽子。他说，他更喜欢脑袋后面有蓬松的翎毛，脖子是紫色加彩虹绿的鸽子。他说，没有彩虹光泽的鸽子算什么鸽子。我问他有没有注意到，很多红脚鸽子的爪子是黑的。他说，他觉得红脚黑爪的搭配好丑，不过彩虹光泽真的好奇妙。他想不通，是什么东西让羽毛变幻颜色？随着光照的角度不同，一会儿看起来是绿色的，一会儿看起来是紫色的。

"我还没有告诉乔，不过几天前，我遇见了一个养鸽子的人。他养的鸽子长得像打了领带……"

我说，他没告诉乔是对的，因为要是乔再多带一种鸽子回来，那就会是压垮我的最后一根稻草。马修说，那领带是一溜缎子似的羽毛，向下延伸到胸脯中央，他们管那种鸽子叫"花领带鸽"。他说，要不是乔对最近的事那么着迷，他就会知道，有些鸽子的羽毛是倒着往上长的，而不是顺着往下长，它们叫作"中国领带鸽"。他知道，照顾这么多鸽子，还把鸽子养在家里，肯定很累人。他还说，乔是个好人，可每当他起了什么怪念头……每当乔请他做什么事，他都不知该怎么拒绝，因为乔会盯着他的眼睛看，他马上就"缴械投降"了……但他现在意识到，他本该拒绝在天花板上开活板门的。他问孩子们怎么样，我说他们在睡觉。他看起来好悲伤，吓得我够呛。我告诉他，孩子和鸽子们就像一家人……鸽子和孩子组成了一个大家庭。之所以会发生这种事，是因为我让他们单独待在家里……

我说呀，说呀，很快意识到马修没在听。他的心思不在这里，飘去了别的地方。直到我停下不说了，马修才开口，说他有整整一个星期没见到女儿了，因为格丽瑟达找了份打字员的工作，把女儿送回娘家了。女儿不在家，他简直活不下去。况且，格丽瑟达还会见到各式各样的男人……"女儿不在家……女儿不在家……女儿不在家……"他不断地重复那几个字，就像没法把话说完整似的。最后，他向我道歉，说不该过来，不该拿他的事烦我。他说，这种事男子汉本该独自面对，但他已经认识我很久了，久到拿我当妹妹看。说着说着，他突然泪流满面。我吓坏了，这是我头一次看见一个男人——一个像圣保罗一样高大、有双蓝眼睛的男人哭。马修平静下来以后，就踮着脚尖离开了,免得吵醒孩子们。他走后,我心里有种怪怪的感觉:那是悲哀,加上从来没有过的神清气爽和容光焕发。

我上楼去到天台。黄昏时分,在草莓色的天空下,鸽子在我的脚边打转,羽毛油光闪亮。下雨的时候,雨水会顺着它们的羽毛滑落,不会渗进去。微风时不时地掀起它们脖子上的翎毛……鸽子三三两两地飞了起来,衬着草莓色的落日,看起来就像阴影。

那天晚上,我没去想鸽子,也没去想自己有多累。那些事有时候会害得我睡不着觉。我想的是马修的眼睛,那双跟大海一个颜色的眼睛。那是阳光明媚的时候,乔骑摩托车带我们去海边的时候,大海的颜色。不知不觉间,我想到了一些事,一些我原以为明白了,但其实并没有明白的事……或者是弄明白了一些过去不明白的事……

二十五

第二天早上,我洗玻璃杯的时候打破了一个。虽说它原本就裂口子了,但东家还是按新杯子的价格扣了我的工钱。我回到家,公寓里堆满了鸽子屎。我筋疲力尽,一步都走不动了,不得不在楼梯拐角处画天平的墙边停下。我觉得累的时候,总会在那儿缓口气。我无缘无故打了儿子几个耳光,他哇哇大哭。丽塔看见哥哥哭,也哭了起来。最后,哭的人变成了三个,因为我也哭了。鸽子在旁边咕咕地叫着。乔回到家,发现每个人都满脸是泪。他说,那是压垮他的最后一根稻草。

"我一早上都忙着打蜡补洞,回家只想安静一会儿,却发现哪儿哪儿都是眼泪。再瞧瞧厨房!"

他猛地冲向孩子们,一手拽起一个孩子的胳膊,拎着他们穿过过道,在半空中晃来晃去。我叫他当心点,别把孩子们的胳膊弄折了。他说,要是他们再哭,不马上停下,就把他们扔到街上去。我咬紧牙关,给孩子们洗了脸,自己也洗了一把脸。

我没告诉乔我打破了玻璃杯，也没说东家扣了我工钱，因为乔会去找人家麻烦，闹得不可开交。

就在那天，我实在受够了。我受够了那些鸽子。鸽子、谷子、食盆、水盆和梯子……统统滚蛋吧！可我不知该怎么办……我成天琢磨这件事，这个念头就像烧红的炭，在我脑子里闷烧着。乔吃早饭的时候，两条腿总是盘着椅子的横档。他突然松开一条腿，抬起来，说他的膝盖里头有块滚烫的煤，他的骨头里面都烧开了。我一心只想着再也不养鸽子了，对乔说的话左耳进右耳出，就像两只耳朵中间钻了个洞似的。

我感觉，烧红的炭在我脑子里熊熊燃烧。饲料、食盆、水盆、鸽舍，还有装鸽子屎的竹筐，统统滚蛋吧！梯子、茅草、球胸鸽、滴溜溜的红眼睛和红脚爪，统统滚蛋吧！扇尾鸽、毛领鸽、修女鸽，大鸽子、小鸽子，统统滚蛋吧！我想夺回我的天台，钉死活板门，把椅子搬回阁楼，堵死鸽子进公寓的通道，把洗衣篮放回去，把衣服晾在天台上。锐利的眼睛，尖尖的嘴，彩虹紫和彩虹绿的羽毛，统统滚蛋吧！

其实，乔的妈妈无意中提出了解决方法……我开始在鸽子孵蛋的时候去捣乱。趁孩子们在睡午觉，我就爬上屋顶去折腾鸽子。阁楼像烤箱似的热气腾腾，一早上阳光都照在屋顶上，把阁楼烤得滚烫，再加上孵蛋鸽子的体温，还有它们身上的臭味，简直是人间地狱。

有只正在孵蛋的鸽子见我走近，抬起头来，伸长脖子，张开翅膀，护住自己的蛋。我一把手伸进它胸脯底下，它就来啄我。有些鸽子在梳理羽毛，没有挪地方，而有些鸽子则逃跑了。它们敏感得很，一直等到我走了才回窝。鸽子蛋很好看，比鸡蛋好看多了。它们比鸡蛋小一点儿，握在手里刚刚好。我从没逃跑的鸽子的身体底下掏出鸽子蛋，伸到鸽子的鼻子底下。鸽子不知道什么是手，什么是蛋，什么都不知道，只会抬起头，张开嘴，想啄我。鸽子蛋又小又光滑，摸起来暖乎乎的，闻着一股羽毛味。过了几天，很多鸽子都离了窝，不肯孵蛋，蛋就坏掉了。鸽子蛋静静地躺在茅草窝中间，壳里还有没成形的小鸽子，只能看见血、蛋黄和刚长出的小心脏。

然后，我回到公寓，走进小卧室。有只鸽子张开翅膀，从活板门上的洞飞了出去。过了一会儿，它从洞的侧面探出头，偷偷观察我的动静。球胸鸽笨拙地爬出窝，扑棱着翅膀落到地板上，看起来焦躁不安。扇尾鸽反抗得最厉害。有一段时间，我差点就放弃了，但这才刚刚开始呢，我必须结束这一切。我不再折腾鸽子，吓得它们不孵蛋，而是抓起鸽子蛋拼命地晃，希望里面有小鸽子，希望它们的脑袋撞上蛋壳。鸽子蛋要孵十八天，等孵到一半的时候，我就去摇蛋搞破坏。鸽子孵蛋的时间越久，反应就越剧烈。它们的体温更高，也更爱啄人。当我把手伸进鸽子热乎乎的羽毛底下时，它们的脑袋和嘴会在羽毛中间搜寻我的手。我把蛋掏出来的时候，它们则会啄我的手。

我睡得很不安稳，心怦怦直跳，就像小时候爸妈吵架时那样。那时候，他们吵完架，妈妈会很伤心，有气无力、漫无目的地走来走去。我会在半夜惊醒，感觉内脏像被一根绳子拽了出来，仿佛我的肚脐眼还连着脐带，整个人通过肚脐眼被扯了出去。只要扯一下，我的身体就全流了出来：眼睛、手、指甲、脚，还有心脏。心脏里有一根血管，里面有一块凝结的血。我的脚指头还活着，但感觉像死了一样。那就是我的感觉。脐带原本打了结，也干掉了，但一切都通过那根小管子被吸了出去，吸进了一个空荡荡的所在。这种把我掏空的扯拽，周围裹着一团鸽子羽毛形成的蓬松云朵，所以压根儿没人发现。这种情况持续了好几个月。一个月接一个月，我晚上睡不好觉，白天给鸽子搞破坏。很多鸽子出于本能，会比必要的时间多孵两三天，希望能孵出小鸽子。

几个月后，乔开始抱怨，说养鸽子纯属浪费时间，它们只会叼草、做窝和拉屎。他说得没错。

这一切都是因为我再也忍不了了：我的孩子们被关在家里，那栋大宅子里的人一根手指都不抬，我却整天忙着洗洗涮涮，好让他们能有干净的餐具吃饭，那家的男孩只是个头有点儿矮，全家人却大惊小怪的……鸽子还在天台上咕咕叫。

二十六

就在我对鸽子"大搞革命"的时候,仗终于打了起来。不过,他们说那长不了。煤气突然停了。我是说,我东家的宅子和地下室都没煤气了。头一天,我们不得不在阳台上做午饭,用的是挂在黑铁架上的灰陶罐,烧的是我好不容易弄来的栎木炭。我实在想不出别的法子了……

卖炭的女人说"这是最后一点了",因为她丈夫被拽去游街了。乔成天满街跑,我每天都以为再也见不到他了。在到处冒烟、教堂着火的那几天过后,他穿着蓝色连体服回来了,腰上别着左轮手枪,肩上扛着双管猎枪。天很热,热得水都滚了,衣服全贴在后背,黏在身上。大家都胆战心惊。楼下的杂货店很快就被抢购一空,大家聊的全是革命。有位太太说:"早就料到会出这种事了。"通常来说,人们总是在夏天拿起武器,因为夏天最容易热血沸腾。况且,就算是通常最热的非洲,今年肯定也被烤化了。

有一天，送希拉牌牛奶的人迟到了，一直没过来。我的东家一家子都坐在饭厅里等牛奶送来。中午十二点，有人按了前门的门铃，东家叫我去开门。披罩袍的先生站在我背后。我打开铁栅门，送奶工递给我两个闪闪发光的奶瓶。披罩袍的先生说："你知道发生了什么事吧？你觉得会怎么样？他们难道不懂，穷人离了有钱人就没法活吗？"

送奶工盖上手推车的盖子，问先生介不介意把奶钱付了。通常他们是一个星期付一次钱，可他不确定明早还能不能送奶过来。老夫人上楼来，听了他的话，问他们对奶牛做了什么。她说，奶牛总不会也闹革命去了吧。送奶工说："不，太太，我觉得也不会……可每个人都被拽上街了，我们恐怕要关门了。"老夫人问："没了牛奶，我们怎么办啊？"披罩袍的先生插嘴说："工人想要当家做主，又不知该怎么做才好。你呢，先生，你想闹革命吗？""不，先生。"送奶工回答说。他已经把小车推上马路了，忘了他们还没付奶钱。披罩袍的先生把他叫回来，付钱给他，说他虽然只是个工人，但显然是个好人。送奶工说："我早就过了那个年纪……"然后，他推起小车上了路，继续敲开一扇扇门，送掉最后几瓶奶。我关上铁栅门，东家的女儿站在螺旋楼梯底下等我们。老夫人，也就是她妈妈说："他说明天没有牛奶了。"她女儿问："那我们怎么办啊？"

我们都坐在饭厅里，披罩袍的先生告诉我，他每天晚上都会听收音机，一切很快就会恢复原样，因为他们正在朝乡下推进。第二天早上,我摘下门链,刚踏进花园,踩上柔软的干茉莉花瓣,就看见老夫人在含羞草旁边等我,一滴滴汗珠顺着她的脸颊往下淌。她一动不动地站在那儿,说:"昨晚,他们差点杀了我丈夫。"

"谁呀?"我问。她说:"我们去饭厅吧,那儿凉快些。"

我们刚在藤椅上坐下,她就说:"昨晚八点,就是我丈夫通常下班回家的时候,我们听见他在门厅里大喊:'快过来,快过来!'我上楼去,看见一个民兵站在他后面,拿猎枪顶着他的背。"

"为什么啊?"我问。

"你别急嘛,"老夫人笑了笑,"他们还以为我丈夫是牧师呢……因为他是秃顶……那个民兵以为他为了做伪装,把头发全剃光了,就拿枪指着他的后背,把他从特拉维斯拉大街一路押了回来。我丈夫说,那个民兵说要逮捕他,他费了好大劲儿才说服那个民兵,让他回来看看家里人……"

我涨红了脸,生怕那个民兵是一时头脑发热的乔,后来才想起老夫人认识乔。不过,有那么一会儿,我还是很害怕。老夫人说,她告诉那个民兵,他们结婚都二十二年了,那个人就道了歉。她说,每天晚上,他们都守着收音机。她的女婿,也就是披罩袍的先生,霸着耳机不让别人听。他听的时候看起来很不安,说今晚什么也没听见。

民兵事件过去两天后,下午三点,有人按了门铃。老夫人去开的门。她说，走下门厅的大理石台阶的那一刻，她吓得够呛，差点儿心脏病发作。因为透过磨砂玻璃上的水泡图案，她能认出一大群人和长条形的轮廓，那些是枪管。

她开了门，五个民兵带着她认识的一对夫妇闯了进来，那两口子在普罗班萨街有一栋公寓楼。原来，披罩袍的先生几年前贷了一笔款子给他们，那两口子没能按时付利息，他就没收了他们抵押的楼，那栋楼现在是他的了。现在，那两口子想要回他们的房子。那群人进了摆着女圣徒尤拉莉亚浮雕木箱的房间。她女婿上楼来，一个身材苗条、匀称的民兵逼他在桌前坐下，用手枪抵住他的耳朵，让他在一份文件上签名，把房子还给那对夫妇，因为他们才是真正的房主，他是从房主的手里偷走的。如果说他们没能按时付利息，那是因为他狮子大开口，要收一成二的高利贷。如果说他现在收不到钱，那就只好耐心等着了。那个民兵说："快签字，把房子还给他们，那是他们唯一的产业。"

老夫人说，她女婿变得像耗子一样安静，一句话也没说。他的耳朵上抵着枪管，没法转动脑袋。民兵见他不说话，有点气急败坏。过了一会儿，披罩袍的先生开始慢条斯理地小声说，那两口子不占理，他这么做是合法的。那两口子让民兵叫他闭嘴，不然他就能把大家都说服。他这个人能说会道，就连耶稣基督本人都能被说服。

她说，那个民兵抡起手枪，拿枪管砸了一下先生的脑袋，大吼："快签！"先生又变成了石像，一动不动。最后，大家都筋疲力尽了，但没人说话。等大家都昏昏欲睡了，先生才开口，最后确实说服了他们。不过，他们还是带他去了革命委员会，直到晚上十点才放出来。他说，所有革命人士都说他有理，但在他们这么说之前，先开车带他颠簸了好久，车后备厢里装了两大瓶烈酒，他们打算找块荒地把他烧死。他说，他表现得棒极了，革命委员会的人狠狠地骂了那两口子一顿，因为那两人浪费了他们很多时间，而他们的时间可宝贵了。老夫人说这番话的时候，一滴汗珠像小蛇似的滑下了她的肩头。第二天早上，又出事了。老夫人站在茉莉花树下的最底下几级台阶等我，茉莉花被高温烤得蔫巴巴的。她说："我们还以为昨晚彻底完蛋了呢。"

民兵过来抄家，搜遍了整栋宅子，因为有房客告了他们的状。她女婿租了一栋房子出去，那户人家没有汽车，他就把车库租给了另外几个人。那几个人在车库里做手工，往披巾上画左轮手枪，就是他们告的状。民兵只从抽屉和衣橱里搜出了一些小零碎，然后就走了。老夫人说："那些房客希望民兵把我们抓起来，逼我们住车库。这样，他们就能住我们的房子了。你瞧瞧，这世道到底怎么了？"

鸽子饲料越来越难买，鸽子一只接一只地飞走了。

二十七

恩瑞奎塔太太说，外头的形势已经失控了，她的生意越来越差。真见鬼！她存在银行里的钱也不知会怎么样。她开始在佩拉约街摆地摊，卖纽扣和男士吊袜带。我很少见到乔，他几乎不回来睡觉。有一天，他说形势不妙，他要去阿拉贡地区上前线。他还说，他们已经把约翰神父送出去了。约翰神父穿着马修的衣服，坐着厄尼想办法弄来的卡车，已经越过了边境。乔说"这个给你"，递给我两枚金币，那是约翰神父送给我和孩子们的。约翰神父说，我们会比他更需要这些，因为无论他去了哪里，上帝都会保佑他。而且，在命中注定的死期到来之前，上帝不会让他死掉的。我把那两枚金币收了起来。乔叫我不要离开老夫人和先生，说日子再艰难，他们也能帮我熬过去。而且，虽然形势看起来挺严峻，但很快就会好起来的，我们唯一的选择就是笑着忍耐。然后他又说，格丽瑟达似乎跟了个大人物，不想再跟马修有牵连了……真可惜！

乔去了阿拉贡前线，而我在家里努力熬下去。毕竟，这也不是什么新鲜事。要是我停下来想一想，就会意识到自己在深渊的边缘摇摇欲坠。直到那一天，披罩袍的先生对我说了一番话，就在下午一点钟，我准备回家的时候。

"我们对你很满意，随时欢迎你回来看我们。但他们夺走了我们的一切，已经没剩几个房客了。我们发现你丈夫也是个闹事的，我们不想跟这种人打交道，你懂吗？我们每天晚上都听收音机，你们也该这样，然后你们就会知道，你们是一群活在疯人院里的白痴。与其挥动大旗，还不如准备点绷带，迎接即将到来的风暴，那场风暴会折断你们的每条胳膊、每条腿。"他边说边在饭厅里踱步，不时摸摸自己的喉结，接着他又说，"别觉得我对你有意见……可事实上，我们没法付你工钱了。从一开始，我就告诉过你，穷人少了，有钱人就没法活。那些开着豪华轿车跑来跑去的工人、泥瓦匠、厨子和脚夫，最后都会付出血的代价。"

讲到这里，他终于说完了，然后走到一边，把落水口旁边的含羞草扶直，因为它的枝叶扭成一团，缠在一起打了结……我离开之前，老夫人说，她丈夫工作了三十年的公司被工人接管了，他在那过程中帮了忙。她还说："只要你愿意，随时可以来……"

吃午饭的时候，乔和厄尼突然冒了出来，就像只是从楼下上来似的。厄尼告诉我，他管着一门野战炮，拖着它到处跑。

他们从前线回来找我，给我带了些吃的，不过很快就走了。他们走之前，乔踮着脚尖进了孩子们的房间，免得吵醒他们，亲了亲他们。同一天，马修也来了。他也挎着枪，穿着连体服，看起来心烦意乱。我告诉他，几个钟头前，乔和厄尼还在这里呢。马修说，他很想见见他们……太阳一会儿出来，一会儿被云遮住，客厅里忽明忽暗。马修把枪搁在桌上，难过地说："瞧瞧我们这些热爱和平的人，现在都成了什么样子……"

他看起来很心烦，比我、乔和厄尼还要心烦。他说，他这辈子只为两样东西而活：一是工作；二是家人，也就是格丽瑟达和女儿。他还说，他来是为了说"再见"，因为他要上前线了，也许上帝把他送上前线，是为了让他快点跟死神见面，因为没了格丽瑟达和女儿，他找不到活下去的意义。他又坐了一会儿，说了一会儿话，然后就陷入了沉默。孩子们醒了，从屋里跑了出来。他们跟马修打完招呼，就在阳台走廊上打起了弹珠。炽热的太阳时隐时现，在光影交错之间，马修问我能不能给他一件东西做纪念，因为我是他在世上唯一的亲人了。我犹豫了一会儿，想不到什么东西能做纪念品。这时，我看见了那束已经枯掉的花，用红丝带绑在碗柜的把手上。我拿起花束，解下丝带，递给马修。他立即掏出钱包，把丝带塞了进去。突然之间，天知道为什么，我觉得必须问他一件事，一件我从来没敢提过的事。我问他，知不知道玛利亚是谁……乔提过她好多次……但马修说，他很确定，乔不认识什么叫玛利亚的姑娘，一个都不认识。

马修说他得走了。他唤来孩子们，亲了亲他们的脑门。我们站在门口，我正伸手去开门，他突然按住我的手，掩上了门。他说，他还有话要对我说，在走之前，他还要告诉我一件事，那就是，能娶到像我这样的太太，乔不知道自己有多幸运。他说："也许我们再也不会见面了，我选这个时候说，是为了让你能永远记住我……"他说，从给我们装修厨房的那天起，他就敬重我，喜欢我。为了掩饰内心的感受，我问他为什么要走，为什么不留下来。我说，格丽瑟达是个好姑娘，很快就会认识到自己犯了错。他说，没有别的出路了，他跟格丽瑟达已经结束了。不过，还有比这更重要的事，那件事会影响到我们每个人。要是我们失败了，就会被从地图上彻底抹掉。他走的时候，看起来比来的时候还悲伤。在那之后又过了很久，我才再见到乔。多亏了恩瑞奎塔太太介绍，我到市政厅做起了清洁工。

二十八

我们是一个帮派——清洁工帮派。我躺上床以后，摸了摸安东尼出生时被我拽断的那根床柱，就是乔换掉的时候抱怨了半天的那根，又摸了摸羽绒被上用钩针织的凸起的花朵。躺在黑暗中抚摸床柱和花朵的时候，我感觉一切都还是原样：早上，我会爬起来给乔做早餐，星期天我们会去看他妈妈，安东尼会哇哇大哭，被锁进养鸽子的小卧室里，小丽塔还没出生……我还会想起更早的事，想起在满是玻璃和镜子的店里卖糕点，店里闻起来香喷喷的。我穿着白色外套，还可以去街上闲逛……

正当我以为再也见不到乔时——因为他打仗去了，他突然在某个星期天出现了，浑身灰扑扑的，包里塞满了吃的。他把大包小包都搁在桌上，旁边放着他的左轮手枪和双管猎枪。他说，他们需要床垫，他要拿两张回去：一张是孩子们的，另一张是我从小睡到大的黄铜床上的。他说，孩子们可以跟我一起睡。他还说，他们在战壕里过得还行。有时候，他们会跟对面战壕里当兵的说说话，但要是有人迷迷糊糊，探头出去，就会吃枪子儿。他说，他们不缺吃的，所有人都在帮忙，站在他们一边。有很多乡下人加入了他们，让他们的队伍不断壮大。不过，要给地里浇水或者喂牲口的时候，他们会让那些乡下人先回去，干完活儿再回来。他们一天天闲着没事干，两边没有打仗。要么跟对面的兵聊天，要么白天就睡大觉，害得他晚上睡不着，只好抬头看星星和云彩。以前，他在木匠铺里埋头打家具的时候，从来没想过天上有那么多星星，那么多奇形怪状的云彩。安东尼简直听不够，他坐在乔的膝盖上，缠着爸爸教他怎么打枪。乔说，他参加的不是老式的战争，而是一场伟大的战争，它将终结一切战争。安东尼和丽塔崇拜他们老爸。乔告诉他们，下个星期天，他会带阿拉贡地区的玩具和洋娃娃回来，两个孩子都有份儿。我们美美地吃了一顿饭，然后乔不得不找绳子捆床垫。他去找楼下的杂货店老板，那个人见到乔不是太高兴，因为乔叫我去别人店里买鸽子饲料。乔在我们的阳台上冲杂货店老板大喊，因为杂货店的卷帘门关着。老板给了乔一大截绳子，比他要的长得多，还塞给他几个麻袋。乔说，麻袋特别适合垒工事，他们会往里面填满土，把麻袋变成完美的掩体。

"要是我像你这么年轻，还不是个老废物，就会跟你一起上战场。"杂货店老板对乔说，"现在店里空了，我都没事干了……我年轻的时候，战争可不是这个样子。你知道世界大战是怎么回事吧……神经毒气什么的。"乔说,他知道世界大战是怎么回事,因为他以前收集过买巧克力送的将军画片。"不过,我喜欢现在年轻人的战斗方式……再说了,在流了第一滴血以后,这场仗已经没法……我告诉你,你做得很对。照我说,不出一个月就能太平了。我一直不赞成抓人、杀人、偷钱和烧教堂,因为那些事有损咱们的形象。但我要再说一遍,我真的很喜欢你们的战斗方式。等你再回来,我会多给你一些麻袋,你在阳台上喊我一声就行。"乔说,他下个星期就回来。

我告诉乔,我被东家辞退了,现在在市政厅干活儿。他说,这也许是件好事,因为给管这座城市的人干活儿只有好处,没有坏处。他看着空荡荡的小卧室,那里已经不是鸽子的家了。我告诉他,有些老鸽子还住在天台上,因为没东西吃,已经快野掉了。我追也追不上,逮也逮不住。他叫我别担心,说它们不重要,因为生活已经变了,还会接着变,但只会变得更好,我们都会得到好处。第二天天刚亮,他就走了。太阳升起的地方,天空一片血红。来接乔的卡车狂按喇叭,简直能把死人都吵醒。两个民兵上楼来扛床垫,其中一个告诉乔,厄尼不见了。他们去接厄尼,可他不在那儿。乔叫他们别担心,说是他的错,忘了告诉他们,厄尼得去卡塔赫纳[1]取些钱,过几天才会回来。

---

[1] 卡塔赫纳:西班牙穆尔西亚省的港口城市,位于地中海沿岸。

二十九

乔离开三天后,厄尼来了。他穿着一件崭新、帅气的连体服,皮带在前胸和后背交叉。他手里拎着一大筐橘子,说是送给孩子们的。他告诉我,他去卡塔赫纳取钱,坐的那架双翼飞机是个老古董,没有重物压着的时候,机舱的地板都能被风吹得掀起来。还没看见那座城市的时候,飞行员就说,他们永远也飞不到那里了,因为飞机太晃荡了。就在他说这话的时候,只听"扑哧"一声,有只鸟飞进了地板上的一条裂缝。不知是被风吹进去的,还是因为机内空气稀薄被吸进去的。他们忙着把鸟弄出去,不知不觉就在卡塔赫纳安全降落了。厄尼一进门就从搁在桌上的背包里掏出六罐奶粉和一袋咖啡,问我能不能给他冲一杯,因为他被打仗折磨得够呛,最想念的就是用像样的盘子吃东西,还有拿瓷杯子喝咖啡。他说,他想用那些惹得乔不高兴的热巧克力杯喝咖啡。我俩都哈哈大笑。他说,他送我那些礼物,是为了纪念我们一起铲墙纸的快乐时光。我烧水的时候，他说，我们这些热爱和平的人，却被搅进了这段特殊的历史，真是可悲。喝咖啡的间隙，他告诉我，从书本里读到历史，要比用子弹书写历史好得多。我听得很认真，因为我看见了一个截然不同的厄尼。我想到，战争真的会改变一个人。喝完咖啡，他又说起了坐双翼飞机去卡塔赫纳的事，说那是值得讲给孙辈听的故事：有那么一小会儿，他们脚底下有一大朵云，旁边是蔚蓝的大海。他说，当你低头看着那样的大海，会发现它有各种各样的颜色，还有很多洋流和逆流。那只鸟钻进飞机里的时候，他滑到了机舱的一个角落，因为风很大，把地板和其他玩意儿都掀了起来。那只鸟肚皮朝天，半死不活的，张开翅膀，蜷起爪子，嘴角流着口水。它先是睁眼看了看四周，然后就闭上了双眼。接着，我们又聊起了马修。厄尼说，他和乔都不敢劝马修，因为马修的年纪比他们大。但他们看到格丽瑟达以后，马上就告诉马修，格丽瑟达是个漂亮轻浮、脑袋空空的小妞儿，像他这样的男子汉不适合跟那种人在一起，那种姑娘只会一次又一次地害他头疼。可那种事光靠劝是没用的，人只有受过打击才能长记性。然后，厄尼又问起了鸽子。我告诉他，鸽子已经没剩几只了，它们全野掉了。我告诉他，我每天丢垃圾的时候都会扔一个鸽子窝出去，因为垃圾工不肯一次全拉走。我带他去看了以前养鸽子的小卧室。几天前，我刚打扫过，里面还弥漫着鸽子的臭味。我拿旧板条封上了通往天台的活板门，梯子就倒在地上。厄尼说："等我们打了胜仗，我就帮你把这个房间刷成粉红色。"我问他什么时候回来,他说,等乔回来,他可能就回来了。他像闪电一样飞快地冲下楼梯,嘴里说着:"再见,再见……"然后"砰"的一声关上了门。我走回饭厅,坐在桌边,开始拿指甲抠嵌进木缝里的面包屑,抠了好一会儿,直到有人敲门。我去开门,是恩瑞奎塔太太带孩子们回来了。看见有橘子,孩子们都乐坏了。

三十

一天清早，在我去上班的路上，一辆从我身边开过的汽车里有人喊我。我转过身，车子已经停下，朱莉跳了下来。她穿着民兵制服，脸色苍白，身子瘦弱，眼睛里全是血丝，看起来很疲惫。她问我过得怎么样，我说还行。我还告诉她，乔去了阿拉贡地区，上了前线。她说有好多话要跟我说，问我是不是还住在原来的公寓里。要是我愿意的话，下个星期天下午，她可以来找我。上车前，她告诉我，革命开始的头一天，提比达波山旁边那家店里的糕点师傅就被打死了。他跟家里人闹了矛盾，愿意帮一个侄子，却不肯帮另一个侄子，因为那个人是游手好闲的小混混。那个侄子怀恨在心，打小报告说他是骗子和叛徒，他就被枪毙了。朱莉还告诉我，她爱上了一个小伙子，那个人也上了前线。说完，她就上了车，我也上班去了。

她是星期天过来的，我从下午三点就在等她。恩瑞奎塔太太太来接孩子们，带他们去她家，因为有熟人送了她几罐杏子酱，她想拿给孩子们当午后点心。我告诉她，我得待在家里，因为朱莉要过来，她手底下管着几座儿童难民营，收容从全国各地来的孩子。恩瑞奎塔太太把孩子们带走了。没过多久，朱莉就来了。她一进门就说，她真的很怕她未婚夫会牺牲，要是真那样，她就去跳海，因为她深深地爱着那个小伙子。他们一起过了夜，但什么也没发生。这就是为什么她这么爱他，因为他是个好小伙，那样的人可不多见。他是某党的党员，负责看守一座被征用的豪宅，他们就在里面过了一晚。她说，她是黄昏时分到的。那时是十月，开铁门的时候，她不得不使劲儿推，因为上一场暴风雨卷来了很多泥沙，全堆在铁门背后。推开铁门后，她走进了一座花园，里面有好多常春藤、黄杨、柏树以及其他各种高大的树木，风卷落叶，从一边吹到另一边。突然间，"呼"的一声，一片树叶打在了她脸上，就像有幽灵似的。那栋宅子被花园环绕，她穿过树枝洒下的阴影，心跳到了嗓子眼。那些树枝被风吹得摇来晃去。宅子的百叶窗全放下了，大风呼呼地吹着，到处都有叶子打着转儿飞来飞去。那个小伙子叫她在门口等，但要是他不在，就直接进花园，最好别让邻居瞧见。小伙子来晚了，她被困在了花园里。天色越来越暗，柏树颤抖着、呻吟着，树影就像死人一个叠一个站着。那些黑漆漆的柏树，通常是种在墓地里的树。她说，等小伙子终于来了，情形还要更吓人，因为她看不清他的脸，不知是不是真他。后来，他们直接进了宅子，举着一支小火把，到里面去探险。从里面的气味分辨，宅子像是被废弃了好久，他们的脚步声在屋里回荡，仿佛有别人在其他房间里走动。她觉得可能是被杀屋主的鬼魂，真吓人！宅子里有漂亮的客厅、长长的窗帘、宽敞的阳台和高高的天花板，还有一间宴会厅，墙上镶满了镜子，你能同时瞧见自己的前胸和后背。镜子里有无数影子在舞动，那是火把映出的影像。一棵树的树枝时而撞上窗户，时而扫过玻璃，要看风在往哪个方向吹。他们发现了一个大衣橱，里面挂满了晚礼服和皮草大衣。她说，她禁不住诱惑，试穿了一条黑纱露背连衣裙，裙摆像云朵一样蓬松，胸口和裙子上点缀着黄玫瑰。她说，那个小伙子盯着她瞧，但一个字也没敢说。然后，他们走进了一条摆满沙发和靠垫的长廊，就在那儿躺下，依偎在彼此的怀抱里，听着外面的大风吹动树叶、摇晃树枝。他们就那样过了一整夜：在半睡半醒之间，孤零零地待在这个充满战乱和危险的世界。月亮升了起来，月光从百叶窗的缝隙泻进来，给一切都印上了白色条纹。那是他们共度的第一夜，也是最后一夜。天亮之前，他们就跑了出去。整座花园里都是摇晃的树枝和风声，常春藤的卷须仿佛活了过来，追赶着他们，伸长了去抓他们的脸。她带走了那条裙子，因为她觉得，既然主人已经死了，就算不得偷。她把裙子收进了纸盒。每当特别想那个小伙的时候，她就会穿上那条裙子，就会再听见那座花园里呼呼的风声，那风声跟别的地方的风声都不一样。她说，她的未婚夫瘦瘦高高的，眼睛又黑又亮，像黑色的炭，嘴唇天生就适合轻声细语。只要听见他的声音，她眼中的世界就会是另一种模样。她说，要是他牺牲了，要是他牺牲了……我告诉她，要是我跟她一样，度过那样一个晚上，我愿意付出一切。但我有自己的工作，要打扫办公室、擦灰、照顾孩子，生活中所有美好的事物，像是呼呼的风声、蠕动的常春藤、刺向天空的柏树、被吹得乱飞的树叶，还有那座花园里的一切，都已经不适合我了。对我来说，一切都结束了，我的未来只剩下头疼和心碎。朱莉试着鼓励我，叫我别太担心，说世界会变好，每个人都会幸福，因为我们来到世上是为了找到幸福，而不是永远受苦。况且，要不是因为闹革命，像她这种干活儿糊口的穷姑娘，永远都不可能像富家小姐一样，度过那样一个晚上。她说："不管怎样，那个晚上永远属于我，虽说我吓得够呛。那些树叶、常春藤和月光下的条纹，还有我的他……"

我把这件事讲给恩瑞奎塔太太听，她听完气呼呼的，说那些闹革命的人真不要脸，谁会想在屋主可能被杀了的宅子里过夜，更别说跟个年轻小伙一起，还穿上富家小姐的裙子勾引男人，最后竟然把裙子偷走了。她说，就算是为了找乐子，有些事也不该做。她还说，孩子们吃了好多果酱。我们说话的时候，孩子们爬上了龙虾挂画跟前的椅子。画里的龙虾长着人的脑袋，正从烟雾腾腾的坑里爬出来。我好不容易才把两个孩子拽走。我们仨走在街上，我夹在中间，一手牵一个孩子。不知道为什么，一股热流突然涌上我的心头，卡在了我的嗓子眼里。我努力不去想花园、常春藤和月光下的条纹，而是想着市政厅，让心终于平静了下来。

三十一

所有灯都是蓝色的,就像迷人的童话国度。天色刚刚暗下来,一切就都变成了蓝色。街边的路灯,不管是高是矮,全被漆成了蓝色。屋子的窗户全被遮住了,黑漆漆的。只要看见一点光亮,哨声就会响起。轰炸机从海上飞过来的时候,我爸去世了。不是因为投下的炸弹,而是因为他犯了恐慌,心脏病发作,人一下子就没了。接受他的离去并不难,因为我早就觉得他活着跟死了没什么两样……他似乎早就跟我没关系了。我并不觉得他是我的爸爸:妈妈去世的时候,爸爸也跟她一起走了。他太太过来告诉我,我爸去世了,问我能不能帮衬一下,出点安葬费。我尽可能地掏了钱,但跟没有也差不多。她离开以后,有那么一会儿,短短的一瞬间,我站在饭厅中央,仿佛看见了我小时候,头上扎着白蝴蝶结,在爸爸身边。他牵着我的手,我们走在带花园的街道上,经过一条豪宅林立的大街。那些豪宅自带花园,还养了狗。我们经过的时候,狗总是汪汪直叫,猛扑到大门上。有那么一瞬间,我想我爱我爸,或者说是爱过他,虽说那是很久很久以前的事了。我去给他守灵,但只待了几个钟头,因为第二天还得早起去打扫办公室。那是我最后一次看见他太太。我拿走了一张我爸的照片,我妈妈以前一直随身带着那张照片,藏在项链坠子里。我给孩子们看照片,他们差点没认出是谁。

我很久都没听到关于乔、厄尼和马修的消息了。某个星期天,乔突然跟七个民兵一起回来了,包里装满了吃的。他看起来很凄惨,又脏又惨,其他人也一样。那七个民兵说,天一亮就来喊他,然后就走了。乔说,他们在前线没多少吃的,因为组织已经快撑不住了,他还染上了肺结核。我问他,医生怎么说。他说,他用不着看医生,也知道自己的肺上全是窟窿,他不想亲孩子们,免得传染他们。我问他治不治得好。他说,在他这个年纪染上这种病,就别想治好了,因为那些窟窿会扩散。等肺变得像漏勺一样,漏出来的血没有别处可去,就会从嘴里流出来,那时就该备棺材了。他还说,我都不知道我这么健康有多幸运……我告诉他,鸽子大多都飞走了,只剩下一只——带斑点的那只。它瘦得像根柴火棍,可老是飞回来……乔说,要不是打仗,他会盖间小屋,搭个鸽舍,里面摆满鸽子窝。他又说,一切都会好起来的。开车回来的路上,他们经过了不少农庄,那里的人给了他们很多吃的,让他们带回家。他在家里待了三天,因为七个民兵第二天早上过来,说接到命令让他们留下。乔在家的三天一直念叨着，金窝、银窝不如自家的狗窝，等打完了仗，他就会像木头里的蛀虫一样宅在家里，谁也别想把他拽出去。他边说边用指甲抠桌上的木缝，再把抠出的面包屑弹出去。我感觉怪怪的，因为我经常这么做，他从来没瞧见过，现在却在做一模一样的事。

乔待在家里的那几天，吃完午饭就会去打个盹儿。孩子们会爬上床跟他一起睡，因为他们很少见到爸爸，都很想他。我很难过，因为我每天一大早就得出门，去打扫办公室。乔说蓝灯这破玩意儿害得他心情不好，要是有一天轮到他说了算，他就会下令把所有灯都涂成红色，就像全国都在出水痘，因为瞎出主意谁还不会啊。他说，蓝灯这玩意儿纯属浪费时间。要是敌人想投炸弹，就算所有灯都被涂成了黑色，他们也照样会投。我注意到他的眼睛深深凹了进去，就像被人狠狠地按了进去。乔走之前，给了我一个大大的拥抱。孩子们对爸爸亲了又亲，一直把他送到门口。我也把他送到了门口。上楼回家的时候，我在两层楼中间的楼梯拐角处停下脚步，伸手摸了摸墙上画的天平。女儿说，爸爸的胡子扎人，扎得她脸疼。

恩瑞奎塔太太过来看我。她只要知道乔在家，就不会过来，免得打扰我们一家人团聚。她说，再过几个星期，一切就会结束，我们已经输了。她说，等对方集结完毕，我们就完蛋了，他们会打赢，然后继续推进。她还说，她为我们感到难过，因为要是乔老实待着，别瞎出头，我们啥事都不会有，可他非要去当兵闹革命，谁知道下场会怎么样。我把恩瑞奎塔太太的话讲给楼下杂货店的老板听，他叫我谁也别信。我又把杂货店老板的话讲给恩瑞奎塔太太听，她说杂货店老板在拼命地祈祷我们会输，因为打仗的时候他卖不出多少货，虽说他会在柜台底下偷偷卖一点配给品之外的玩意儿。她说，楼下杂货店的老板只想要太平，因为怕生意不好。他就指望仗赶紧打完，才不管是哪边赢呢。楼下杂货店的老板说恩瑞奎塔太太是保皇派。后来，朱莉又来看我了。她说，年纪大的人就是麻烦，他们脑袋里塞满了疯狂的念头，而年轻人只想好好活着。她还说，有些人觉得好好活着就是犯罪。要是你想好好活着，他们就会像垂死挣扎的耗子一样扑上来，抓住你，把你丢进监狱。

我跟她说起了孩子们，说吃的一天比一天少，我不知该怎么办才好。要是他们把乔从前线换下来，就像他在明信片上说的那样，我见他的机会会更少，他也没法再带补给回来了。他以前带回来的补给帮了我们很大的忙。朱莉说，她可以帮忙，把男孩送进难民营。不过，她不建议送女孩去，因为女孩毕竟是女孩。但对男孩来说，跟其他男孩在一起是好事，可以为将来的生活做准备。安东尼就在旁边，听见我们这么说，就紧紧地攥住了我的裙子，说他不想离开家，哪怕没东西吃……可是弄吃的实在太难了，我不得不告诉他，没有别的法子，他只用去一小段时间。而且，他会喜欢跟年纪差不多的男孩一起玩的。我家里有两张嘴要喂，却没有东西喂给他们。我没法形容我们有多惨。我们仨每天都早早地上床睡觉,免得解释为什么晚饭没东西吃。星期天,我们根本不起床,免得肚子饿得难受。我带孩子们坐上朱莉派来的卡车,往营地开去。我好说歹说了半天,可安东尼知道我在骗他,他比我更明白这是谎言,我是骗子。在真正把他送去营地之前,我们就聊过这件事。他低着头,一声不吭,就当我们这些大人不存在。恩瑞奎塔太太答应会去看他。我也告诉他,每个星期天,我都会去。卡车离开了巴塞罗那,我们坐在后车厢里,带了一只用绳子捆住的纸板行李箱。卡车沿着白色公路往前开,驶向那个谎言之地。

三十二

我们上了台阶,登上天台。那段石头台阶又陡又窄,两边都是墙。天台上挤满了男孩,全剃了光头,脑袋上长满癞疮,眼睛占了大半张脸。他们全在大喊大叫,跑来跑去,但一看见我们就不叫了,只是直勾勾地瞪着我们瞧,仿佛一辈子没见过普通人似的。一名年轻老师走过来,领我们去办公室。我们不得不穿过整个天台,穿过那一大群男孩。老师问我们来有什么事,朱莉就递给她一份文件。我说,我们家里没东西吃,我想把安东尼留在这儿,起码他在这儿能吃上饭。老师看着安东尼,问他想不想留下来,他一声不吭。于是,老师转头看我,我也看着她。我说,我们费了老大功夫送他过来。既然来了,他就得留下。老师跟我对视,眼神暖暖的,说那些男孩也刚到,但这里可能不适合我儿子。她又瞄了安东尼一眼,我能看出她在打量他,看见了他真正的模样:一朵花儿。他出生的头几个月害我吃了那么多苦,可他又是那么漂亮,漂亮得让人难以置信。他的额头上搭着浓密的黑色鬈发，睫毛跟午后剧场的演员一样又长又密。安东尼也好，丽塔也罢，皮肤都像缎子一样光滑。当然，他们已经跟战前不一样了，但还是很漂亮。我说我要走了，然后就跟朱莉一起走向前门。安东尼像条被逼到绝路的小蛇，猛扑向我，又哭又喊："别丢下我，别丢下我，别丢下我……"我不得不硬起心肠，把他推开，叫他别再哭哭啼啼了，因为哭也没用，他必须留下，也绝对会留下。他在那里会好好的，很快就会交上朋友，还能跟其他男孩一起玩。他说，他看见那些男孩了，他们都好凶，会揍他的，他不想留下。朱莉心软了，可我却硬起了心肠。老师的额头上冒出了亮闪闪的小汗珠。丽塔抓住朱莉的手，说她要安东尼。于是，我在儿子面前蹲下，口气坚定地告诉他，我们没有吃的，实在熬不下去了，要是他留在家里，三个人都会饿死的。他不用在那里待太久，只用待到情况好起来，而且情况很快就会好起来……他低下头，噘着嘴，两只手垂在身体两边。我还以为说服了他，正要离开，他却又闹了起来，跟以往一样倔，紧紧地攥住我的裙子，大喊："别丢下我，别丢下我！我会死的，他们会揍我的！"我说，他不会死的，他们不会揍他的，然后就赶紧离开了。丽塔和朱莉跟在我后面，穿过那群剃了光头的男孩。下楼之前，我转过身，看见安东尼一动不动地站在天台对面，握着老师的手。他没有哭，但小脸皱得像个老头。

朱莉说，她不该那么做的。司机，也是朱莉的朋友，问我们情况怎么样。我告诉了他。回巴塞罗那的路上，我们都没有说话，仿佛我们都犯了罪。半路下起了雨，雨刷从一边扫到另一边，"唰，唰，唰"，雨水顺着玻璃往下淌，像一条眼泪流成的河。

恩瑞奎塔太太每个星期天都去看我儿子，回来总说一切都好……他挺好的……我一直都抽不出时间去。丽塔能吃的东西多了一点，但从她的眼神看得出，她很想安东尼，即使她没说出口。我发现，我离开的时候她在哪儿，回家的时候她还在哪儿。如果天黑了，她就在阳台上。如果防空警报响了，她就在门口，嘴唇直打抖，但是一声不吭。她的做法就像在扇我耳光，一连扇了我十个耳光。直到有一天，有个民兵来敲门，说厄尼和乔牺牲了，像男子汉一样为国捐躯了。他把乔留下的唯一一件东西给了我——他的手表。

我上屋顶的天台去透气，走到临街的栏杆边，静静地站了一会儿。起风了，很久不用的晾衣铁丝生了锈，在风中"吱呀，吱呀"地响，阁楼的门也被风吹得"砰砰"响……我走过去关门。阁楼的角落里躺着一只鸽子，那只带斑点的鸽子。它脖子上的羽毛湿淋淋的，浸满了死前挣扎流的汗，两只小眼睛又黏又浑浊，全身瘦得皮包骨头。我用指尖碰了碰它的腿，它的两条腿蜷了起来，脚爪弯得像钩子。它的身子已经冷了，死了有一段时间了。我把它留在了原处，那里曾经是它的家。然后，我关上门，下楼回家去了。

三十三

人们常说"那个人像软木",我一直不懂是什么意思。在我看来,软木是用来塞瓶口的。要是塞不回去,我就拿刀把它削小一点,就像削铅笔一样。软木会发出"吱吱"声。削软木不太容易,因为它不硬也不软。最后,我终于明白了他们说"那个人像软木"是什么意思……因为我也像块软木。不是因为我生来就是那样,而是因为我没有别的选择,只能变得麻木。我的心变成了软木做的。因为它如果还是像以前那样是肉做的,你拧一把就疼,我就不可能走过那么高、那么长的一座桥。我把乔的手表放进抽屉里,想等安东尼长大了再给他。我不愿去想乔不在了,只想一切都像原来一样:等仗打完了,他就会带着时不时喊疼的腿和长了窟窿的肺回来;厄尼还会来看我们,眼睛鼓鼓的,盯着某个地方一动不动,就像着了魔,还有那张歪向一边的嘴。我半夜醒来,肚子里会翻江倒海,就像搬家工人把屋里的所有东西全翻了个个儿。我肚子里就像这样:衣橱摆在过道，椅子腿朝天，杯子搁在地上，等着先用纸包起来，再装进垫了稻草的盒子，弹簧床垫和床架靠在墙边，所有东西都乱成一团。我开始服丧，为乔服丧。我爸去世的时候，我借口说时局太乱，没这心思，就没服丧。我走过的那些街道，白天脏兮兮的，看着很悲伤，晚上则一片蓝光，洒满了阴影。我脸色苍白，似乎越缩越小，就像黑色丧服上方的一块白斑。

格丽瑟达来看我，说是来吊唁。她脚蹬蛇皮鞋，手挎蛇皮包，穿了一条白底红花的连衣裙。她说她有马修的消息，他俩虽说现在各过各的，但关系还不赖。为了女儿着想，他俩还是朋友。她想象不出乔和厄尼不在了，因为他们还那么年轻。她比过去更美了：身材更苗条，皮肤更白嫩，眼睛绿得更柔和、更鲜亮，更像一朵晚上会合拢花瓣休息的鲜花。我告诉她，我把儿子送去了收容男孩的难民营。她用绿眼睛看着我，说她很可怜那孩子，这么说不是想让我难过，但那些营地真的好惨。

没错，格丽瑟达说得对，那营地真的好惨……安东尼待在营地的期限到了，朱莉把他接了回来。他完全变了个人，那地方彻底改变了他。他全身浮肿，肚皮鼓凸，脸圆圆的，两条腿晒黑了，瘦得皮包骨头，头发被剃光了，头上结满了痂，脖子上的淋巴结也肿得老大。他看都没看我一眼，就径直走向他放玩具的角落，用指尖轻轻抚摸那些玩具，就像我抚摸那只带斑点的鸽子的脚爪一样。丽塔说，她一件玩具也没弄坏。他们兄妹俩玩玩具的时候，我和朱莉你看着我，我看着你。我们听见丽塔告诉安东尼，爸爸在战争中牺牲了，所有人都在战争中牺牲了，战争就是杀死所有人的东西。丽塔问他，他们在营地听不听得到防空警报……朱莉离开前，说会想法子给我们弄几罐奶粉和一些肉罐头。至于那天的晚饭，我们仨分吃了一条沙丁鱼和一个发霉的西红柿。要是我们养了猫，它会发现，我们连一根鱼刺都没剩下。

我们仨挤在一起睡觉，我夹在中间。要是我们会被炸死，就像这样死在一起吧。如果晚上响了防空警报，警报声会把我们吵醒。我们一声不吭，只是躺在那儿，静静地听着。等解除警报的汽笛声响起，我们就接着睡。但我们也不知道自己是不是真的在睡，因为我们一直一声不吭。

去年冬天是最惨的。所有年满十六岁的男孩都被征召入伍了。墙上贴满了告示，我没搞懂为什么上面说我们必须造坦克。我和恩瑞奎塔太太都觉得好笑。现在，要是我们在什么地方看见了告示，我都不觉得好笑了。街上有很多年纪很大的男人走来走去，列队去打仗。不管是老是少，所有人都去打仗了。战争把他们生吞了下去，等到再吐出来，他们已经死光了。那么多泪水，那么多痛苦。我偶尔会想起马修，会看见他站在过道上，仿佛他真的在那儿。他看起来那么真实，真实到会吓我一跳。他的那双蓝眼睛，他那么深爱着格丽瑟达，但格丽瑟达离开了他，因为她爱上了别人。我听见了马修的声音。他说："我们没有别的出路，我们都被困住了，就像落进陷阱的耗子。我们没有别的选择，没有别的选择。"

在卖掉约翰神父送给我的两枚金币之前，我已经把其他东西全卖光了：绣花被罩、上好的陶瓷餐具、刀叉……跟我一起在市政厅干活儿的人把它们买去，然后转手卖掉赚钱。吃的很难买到，因为我没几个钱，况且也没吃的可买。牛奶里根本没有奶，而肉里就算真的有肉，也是马肉，至少他们是那么说的。

人们开始离开。楼下杂货店的老板说："瞧瞧啊，那些报纸和告示上说的……叫我们走吧，走吧……去看看外面的世界。"战争的最后一天刮起了大风，天很冷，风吹得碎纸屑到处都是，街上散落着星星点点的白。我身子里的寒意永远不会消失。我都不知道我们是怎么活下来的。有很多人撤退，也有很多人进城。那段时间，我把自己关在公寓里。恩瑞奎塔太太给我带了些罐头过来，罐头来自附近一座仓库，邻居刚刚打劫了那座仓库。不知是谁告诉我，某个地方有人发吃的，我就跑去找。我回来的时候，杂货店老板站在门口，没有跟我打招呼。那天下午，我去找恩瑞奎塔太太。她告诉我，时局有变，她相信我们又有国王了。她给了我半棵莴苣菜。我们都活着，都还活着。我完全不知道发生了什么事，直到有一天，恩瑞奎塔太太过来告诉我，他们要在某座广场上枪毙马修。我不知说什么才好，就问她是哪座广场。她说，就是广场，但她不知是哪座："信我吧，是真的，他们会在广场上枪毙所有人。"痛苦击中了我，我神思恍惚，过了五分钟才低声说："不，不，不会的……"因为我就是没法相信他们会在广场上枪毙马修,不管是在哪座广场上。那不可能是真的!恩瑞奎塔太太说,要是她知道我会有这么大反应,脸会变得这么苍白,她说什么也不会告诉我。

我找不到活儿干,也没什么可指望的,只好卖掉剩下的一切:我从小睡到大的床,四柱床上的床垫,还有乔的手表——我想等儿子长大再给他的那块,以及所有的衣服、红酒杯、热巧克力杯、碗柜……等到除了那两枚圣洁的金币,什么也没剩下的时候,我就再也顾不上脸面,硬着头皮回去找老东家了。

三十四

我横穿主街的时候,有一辆电车不得不急刹车。司机冲我大声嚷嚷,我看见有人在笑。我在百货商场门口停下脚步,假装打量橱窗,但其实什么也看不见:眼前只有五颜六色的光斑,还有洋娃娃的虚影……我能闻见那股旧油布的气味,那味道直冲脑门,搅乱了我的脑子。卖鸟饲料的杂货店重新开张了。有个女佣在街角公寓的门口扫地,他们支起了另一种颜色的遮阳篷,花盆也摆出来了。我走到老东家的花园门前,下意识地钩住锁眼往外拽,拽起来很费劲儿。那门一直很难开,在过了这么久之后,变得更难开了。最后,我终于拽开了一条缝,伸手进去,从钩子上取下链条……但我转念一想,又缩回手来,关上了门。那扇门颤了颤,就关上了。然后,我按了门铃。披罩袍的先生从二楼的阳台上探出脑袋,朝下看了看,然后消失了,因为他要下来开门。

"你想干吗?"

他问"你想干吗"的时候,声音比鞭子还要生硬。我听见有人踩在沙子上"咯吱咯吱"响,那是老夫人过来看谁在按门铃。她刚朝我们走过来,披罩袍的先生就转身离开了,留下我和老夫人单独待着。我们跟在他后面进了花园,在水泥小院里停了下来。小男孩正站在空荡荡的洗衣房里,用刮刀拼命地刮肥皂留下的绿沫。他没认出我来。我告诉老夫人,我在找活儿干,也许他们……先生肯定是听见了,从屋里出来,说他们没有活儿给人干,来找活儿干的人都该滚开。他们失去了一切,正在努力弄回来,闹革命的人早走早好!而且,他们也不想惹麻烦,不想让穷鬼进门。宁可家里脏,也不要跟穷鬼打交道。老夫人叫他冷静点,然后看着我说,他在战争中受了刺激,碰上一点小事就会发作……不过,他说的也是事实,他们得精打细算。要是我不信的话,可以看看那个男孩,那个可怜的小家伙不得不打扫洗衣房,因为他们请不起清洁工。我告诉他们,乔在战争中牺牲了。先生说他很遗憾,不过又没人逼乔去打仗,还说我是赤色分子。他说:"你不明白吗,像你这样的人会害我们惹上麻烦的,我们又没做错事。"老夫人送我出门。走到喷泉边,她停下脚步,说他变成了法西斯分子。她说的是她女婿。他被民兵拖去"兜风"后,受了很大刺激,后来一直没恢复,变得越来越刻薄。她说,家里人也快忍不了他了。我走到街上,用膝盖顶住花园的门往里推,帮老夫人关上门。老夫人说,木头被雨泡涨了,所以门才这么难开。走到卖鸟饲料的杂货店门口，我停下来缓口气。店里空了一半，门口也没堆麻袋。我继续往前走，在百货商场前停下来看洋娃娃。橱窗里摆了一只白色小泰迪熊，耳朵内侧是黑丝绒，穿着黑丝绒长裤，脖子上系着蓝丝带，鼻尖也是黑丝绒做的。它坐在一个装饰华丽的洋娃娃脚边，眼睛盯着我。它有一双橙色的小眼睛，深色的瞳孔像井水一样闪闪发光。它张开双臂，脚掌雪白，看起来就像打靶游戏的奖品。我着迷地盯着它瞧，不知在那儿站了多久，直到累到站不住。我刚走到主街的十字路口，一只脚踩在马路上，另一只脚刚跨上人行道，就觉得不对劲儿。那时是大中午，所有的蓝灯早就熄了，可我却看见了它们，然后像一袋土豆似的栽倒在路中央。上楼梯的时候，我在画天平的墙边停下来歇脚，却不记得刚才发生了什么。似乎从踏上人行道到站在天平前的这段时间，在我的生命中根本没有存在过。

恩瑞奎塔太太帮我找了活儿干，每个星期六去一栋公寓楼里扫楼梯，每周两个上午去一家影院做清洁。那家影院会放映新闻短片，介绍世界上发生的大事。但那点工钱加起来还不够糊口的。一天晚上，我睡在丽塔和安东尼中间，他们俩肋骨凸出，全身青筋毕露。我想，最好还是杀了他们，可又不知该怎么做。我没法用刀子捅，也没法蒙上他们的眼睛，把他们从阳台上推下去……要是他们只摔断了腿可怎么办？他们比我力气大，比我这只老瘦猫力气大。我实在想不出法子了，只好接着睡，头疼得像要裂开，脚冷得像冰块。然后，那双手出现了。

卧室的天花板变得像云朵一样柔软，像没骨头的软绵绵的手。那双手从上面伸下来，渐渐变成了透明的，就像我小时候举起手对着太阳看一样。天花板上伸下的手起初是合拢的，后来慢慢分开了。我的孩子不再是孩子，他们变成了蛋，外头是蛋壳，里头是蛋黄。那双手抓起他们，小心地拎起来，然后开始摇晃：起初动作很轻，后来变得很猛，仿佛对鸽子、对战争、对吃败仗的愤怒化作了力道，使劲儿摇晃我的孩子们。我想喊却喊不出来。我想喊邻居、喊警察，随便喊什么人过来，把那双手赶走。但我正要放声大喊时，念头一转，又咽了回去，警察会把我带走的，因为乔在战争中牺牲了。我没法再这么活下去了。我到处找漏斗。我把它放哪儿去了？我们已经两天没吃东西了，约翰神父送的金币也早就卖掉了。卖掉它们的时候，我感觉就像牙齿被一颗颗拔了出来。一切都结束了。漏斗跑哪儿去了？我把它放哪儿去了？我最近卖掉了很多东西，但我确定没卖掉它。那它跑哪儿去了？到处都翻遍了，我才发现，它倒扣在碗柜顶上。我爬上一把椅子，它就躺在那儿，翻过来倒扣着，上面落满了灰。我拿起它，洗了洗，也不知道为什么要那么做，然后把它放回了碗柜里。现在就只差买镪水了。等孩子们睡着以后，我会把漏斗塞进他们的嘴里，往里面倒镪水。最后轮到我自己，一切就都结束了。这对所有人都好，因为我们不会伤到别人，更何况也没人爱我们。

三十五

我没钱买镪水。楼下杂货店的老板看都没看我一眼。我觉得不是他心肠不好,而是他在害怕,因为有很多民兵来找过我们。我灵机一动,想起了卖鸟饲料的杂货店老板。我可以带个瓶子过去,问他买点儿镪水,等到付钱的时候,我就打开钱包,说钱落在家里了,第二天早上再补上。我走出家门,既没带钱包,也没带瓶子,因为我的心思不在那上面。我走出家门,不知是为了什么,只是为了出门而出门。开过的电车的窗户上都没装玻璃,只安了防蚊的纱窗。路上的行人都穿得破破烂烂。

一切都还没从那场大病里恢复过来。我在街上走着,看着那些没注意我的人,心想,他们不知道我想杀死我的孩子,用镪水把他们从里到外烧光。我都没意识到自己在做什么,就跟在了一位胖夫人后面。她戴着黑色蕾丝头巾,手里拿着两根用报纸裹住的蜡烛。天上阴云密布,但没有起风。一缕阳光从云缝间射下来,胖夫人的黑头巾闪闪发光,大衣背后也是,跟约翰神父的黑色法衣一样，像苍蝇的翅膀那样薄得透明。迎面走来一位先生，跟胖夫人打了个招呼，两个人停下来聊了一阵子。我装作打量商店的橱窗，玻璃映出了那位夫人的脸，她有好几层下巴。她小声地抽泣起来，突然抬起一只手，给那位先生看蜡烛。然后，他们握了握手，就分开了。我继续跟在那位夫人后面，因为她和她在风中飘荡的黑头巾能陪伴我。太阳躲到了云层后面，一切变得黑漆漆的，下起了毛毛雨。下雨之前，一侧的人行道就湿漉漉的，因为潮气重，另一侧却是干的。雨把两侧的人行道全打湿了。拿蜡烛的夫人带了一把雨伞，她撑开伞，水珠从伞边滴落，整个伞面都闪闪发光。水珠一滴接一滴地落到她的脊背中央，然后慢慢往下滑。我被淋湿了，头发全湿透了。那位夫人还在往前走，像只大甲虫似的，固执又坚定。我紧紧跟在她后面，直到她在教堂门口停下，收起她的男式雨伞，挎在胳膊上。就在这时，我看见一个年轻小伙朝我迎面走来，他只有一条腿。他在我面前停下，向我问好。我只觉得他面熟，却想不起是谁。他问我丈夫怎么样，说他现在有自己的铺子了，还说打仗的时候，他是另一边的，所以现在日子挺好过。我还是没想起他是谁，虽说我知道肯定认得他。他说，听说我丈夫去世了，他很难过。然后，他跟我握了握手，就走开了。他还没走出三十米，我就灵光一闪，福至心灵：那个年轻小伙，就是乔那个没用的学徒。

挎男式雨伞、手握蜡烛的夫人站在教堂门口，翻钱包掏零钱，施舍给一个衣衫破烂的妇人，妇人怀里抱着个衣不蔽体的宝宝。夫人拿着蜡烛和雨伞，不方便打开钱包，因为一根伞骨卡在了她的口袋边缘。轻风掀起了她的黑色蕾丝头巾，遮住了她的半边脸，害得她什么也看不见。她施舍完就从侧门进了教堂，我跟在她后面。教堂里挤满了人，牧师忙着从一边走到另一边，两名祭坛侍童在旁边帮忙。祭坛侍童穿着浆洗得笔挺的白色法衣，带宽宽的绲边。牧师的白色真丝祭披带金色绲边，上面绣着花环，正中央有个十字架，镶满浅色的宝石，向外辐射出一条条红道道，代表带来光明，但看起来更像鲜血。自打我结了婚，就再也没进过这座教堂。狭长的彩绘玻璃窗投下斑驳的色块，有些玻璃破了洞，能看见外面阴沉沉的天空。我朝着主祭坛走去。祭坛上摆满了白色百合花，枝叶都镀了金，每根柱子从下到上都闪烁着火焰般的金光，直到最上方的尖顶。尖顶汇集了所有金光，将它们射向天空。拎男式雨伞的夫人点燃了自己带的蜡烛。点蜡烛的时候，她的手抖得厉害。立好蜡烛以后，她在胸前画了个"十"字，然后挺直了身子。我也挺直了腰站着。人们都跪了下来，我看着他们跪下，但自己没跪。那位夫人也没跪，也许她跪不下去吧。熏香点了起来，香气弥漫开来。我看见了祭坛顶上的那些小球。祭坛的一侧有好多小球似的烟圈，堆得像座小山，就在白百合花底下。小山越变越大，有些像肥皂泡似的，从其他烟圈里长出来，让整座山堆得越来越高。大概牧师也看见了，因为有那么一瞬间，他张开双臂，双手捂头，像要惊呼："噢，圣母在上！"我看着前面的教众，又转过身去看我后面的人，他们一直排到教堂最后面。所有人都低着头，所以看不见那些小球。它们挤来挤去，从祭坛上往下滚，马上就要滚到正在做祷告的祭坛侍童的脚下了。小球起初像葡萄一样绿，后来变成了粉色，又变成了红色，变得越来越亮。我闭上眼睛，让它们歇歇，在黑暗中琢磨，我看见的到底是不是真的。等我重新睁开眼睛，小球还在闪闪发光，比任何时候都要亮，小山的一侧已经变成了红色。那些小球就像鱼子——鱼肚子里的卵，它们诞生在教堂里，仿佛教堂是一条大鱼的肚子。如果这个过程继续下去，整座教堂很快就会被小球填满，教众、祭坛和长椅都会被淹没。这时，远处传来了声音，那声音似乎来自极大的痛苦，来自被割断的喉咙，来自说不出话的嘴唇，仿佛整座教堂堆满了死人——牧师被钉在祭坛上，穿着他的丝绸法衣，上面绣着鲜红的十字架，镶着亮闪闪的宝石，狭长的彩绘玻璃窗投下各色阴影，笼罩了所有教众。没有其他活物，只有不断扩张的小球。现在，它们是鲜血做成的了，血腥味盖过了熏香味。只剩下鲜血的气息、死亡的味道。没有人能看见我看到的东西，因为他们都低着头。在那些我听不懂的杂音之上，响起了一支天使之歌，但那是愤怒天使之歌，在斥责人们，告诉他们，眼前是所有在战争中牺牲的士兵的亡灵。那支歌叫他们看看上帝在祭坛上呈现出的苦难。上帝让他们亲眼看到自己造的孽，让他们为结束一切苦难而祈祷。我看见那位带蜡烛的夫人也站着，因为她跪不下去。她的眼睛从眼窝里鼓凸出来，我们对视着。有那么一会儿，我们很高兴能跟人对视，因为她肯定也看见了死去的士兵。一看她的眼神，我就知道她也有亲人死在了战场上。我被她的眼神吓到了，穿过跪倒的人群，跌跌撞撞地跑到了外面。外面还在下毛毛雨，什么也没变。

展翅高飞吧，小白鸽，飞得高高的。小白鸽……你的脸，就像黑色丧服上方的一块白斑。展翅高飞吧，小白鸽，因为世间的苦难已经被你抛在了后面。抛开世间的苦难吧，小白鸽。跑快点，再快点，这样鲜血做成的小球就追不上你了。飞起来吧，飞上楼梯，飞上屋顶，飞进鸽舍……飞吧，小白鸽。飞吧，飞吧，你滴溜溜的小眼睛，还有鼻孔底下的嘴……我跑回了家。所有人都死了。死去的人已经死了，活下来的人也跟死了没什么两样，因为他们活得像行尸走肉。我飞快地跑上楼梯，太阳穴突突直跳，好不容易才把钥匙插进锁眼。我打开门，钻进去，然后赶紧关上，靠在门上拼命喘气，仿佛快要憋死了。我想起马修跟我握手，说我们没有别的出路……

三十六

我走出家门,手里紧紧地攥着钱包。那是个小钱包,只够装零钱。我还挎了个菜篮,里面放了个瓶子。我走下楼梯,仿佛它们是通往地狱的。楼梯已经好几年没粉刷过了。要是你穿了深色衣服,蹭到了墙,衣服上就会全是白灰。墙的下半截,人手能够到的地方,全是些涂鸦,有火柴小人,也有人的名字,一多半都被抹得模糊不清了,只有天平清晰可见,因为画它的人把线条刻得很深。昨晚一直在下雨,楼梯的扶手潮乎乎的,摸上去黏手。一楼通往二楼的是螺旋楼梯,就像我老东家衣橱对面的楼梯一样。二楼通往我家的楼梯铺了红色瓷砖,还有细木镶边。我一屁股坐在楼梯上。时间还早,周围静悄悄的。我盯着瓶子瞧,楼道的灯照在上面亮闪闪的。我想起了昨天产生的幻觉,觉得肯定是因为身子太虚弱了。我最好还是像小球一样"砰,砰,砰"地往下滚……然后,"砰"的一声砸到地上。我的关节都生锈了,费了好大的劲儿才站起来。我妈在世的时候常说，等你的关节生锈了，时日就不多了。我费劲儿地站起来，走下螺旋楼梯，紧紧地抓住扶手，生怕滑倒。楼道里弥漫着一股羽毛的臭味，是从门口的垃圾箱飘过来的。有个男人在翻垃圾箱……昨天我跑回公寓的时候，突然想到，我为什么不去讨饭呢？就像教堂门口那个女人一样，向挎男式雨伞的太太乞讨。我可以带上孩子们去讨饭……今天在这条街，明天换那条街……今天在这座教堂，明天换那座教堂……"看在上帝的分儿上，行行好吧……看在上帝的分儿上，给点吃的吧……"那个翻垃圾箱的男人肯定是翻出了什么，因为他打开麻袋，把找到的东西塞了进去。一个垃圾箱里铺满了湿乎乎的刨花，也许底下有什么好东西，比如一大块面包……但当你饿得要命的时候，一块面包能顶什么用呢？如果你想吃野菜，还得有力气去刨，再说野菜能有多顶饿？……我能读会写，妈妈还教会了我穿衣打扮。我能读会写，卖过蛋糕、糖果、黑巧克力和酒心巧克力。我像其他人一样走在街上。我能读会写，做过用人，也帮过工……楼上的阳台落下来一滴水，滴在我鼻子上。我穿过主街。有些店铺已经开始卖东西了，路上的行人可以进去买东西。我想着这些有的没的，免得去想篮子里亮闪闪的绿瓶子。我打量着每样东西，就像第一次看见它们似的，因为明天就看不到了。到了明天，我就没法四处打量、跟人聊天、欣赏东西了。到了明天，不管是美还是丑，我的眼睛都看不见了。不过还好，现在还能看。东西一样样从我眼前掠过，仿佛要在我离开人世前留下永久的印记。我的眼睛像镜头一样，把一切都记录下来，收录进去。泰迪熊从百货商场的橱窗里消失了。我发现它不见了，突然好想再看看它穿着丝绒马裤，像打靶游戏的奖品似的坐在那儿。垃圾箱里羽毛的臭味一直留在我的鼻子里，直到我经过香水店，接受了香皂和香喷喷的古龙香水的洗礼。我慢慢走近那家卖鸟饲料的杂货店，街边没有堆着麻袋。在我老东家的宅子里，每天这个时候，老夫人该准备早饭了，男孩会在院子里玩球。小雨会渗进地下室的墙里，潮湿的地方全是水渍，像盐块似的闪闪发光。杂货店老板站在柜台后面，正在招呼两个年轻女佣和一位夫人，我觉得我认识其中一个女佣。杂货店老板忙着招呼她们，我就在一边等着，站到腿都疼了。好不容易轮到我了，又进来一个女佣。我把瓶子搁在柜台上，说："打镪水。"等到该付钱的时候，瓶口的软木塞缝里还在往外冒烟。我打开钱包，装作一副吃惊的样子，说把钱落在家里了。杂货店老板叫我别担心，说没必要特地跑一趟，下次顺路再给就行，随便什么时候都行，看我方便。他问候了我的东家，我告诉他，自从打起仗来，我就没在那里干活儿了。他说他也去打仗了，能重新开店真是个奇迹。他从柜台后面走出来，把镪水瓶子放进我的菜篮里。我喘得好厉害，仿佛自己拥有了全世界。然后，我就走掉了。我要努力不让自己绊倒，也别被撞倒。当心电车，特别是下坡的电车，一鼓作气走回家，别再看见蓝灯，别再晕倒。我又去瞧了香水店的橱窗，看着那几瓶淡黄的古龙香水、崭新闪亮的指甲剪、盖上镶镜子的小盒子,还有乌黑的睫毛膏和小小的睫毛刷。

我经过百货商场,去看穿漆皮鞋的洋娃娃……首先,我一定不能再看见蓝灯,不能急急忙忙地过马路……一定不能再看见蓝灯……这时,有人喊我。有人冲我大喊。我转过身去,发现是卖鸟饲料的杂货店老板,他边喊边朝我走过来。我回过头去的时候,想起了那个变成盐柱的女人[1]。我想,杂货店老板大概发现拿错了东西,卖给我的不是锶水,而是漂白剂。我不知该想些什么。他说他很抱歉,问我能不能跟他一起回店里。我们回到店里,现在那里一个人都没有。他问我愿不愿意帮他做家务,毕竟他已经认识我很久了。而且,以前帮他打扫卫生的女人不干了,因为她年纪太大,干不动了……这时,有客人进来。他说"请稍等",然后转过身来等我答复。见我一句话也没说,他又问,是不是我已经有活儿干了,所以没空。我摇了摇头,说我不知该说什么。他说,要是我没有别的活可干,他的房子挺好的,没太多麻烦事,而且他早就知道我这人很靠谱。于是,我点了点头。他说我明天就可以开工了,然后一脸关切地从柜台里掏出两瓶罐头,塞进我的篮子里,还有一袋牛奶,还有别的什么,我已经记不得了。他说,我明早九点就可以开工。我

---

[1] 变成盐柱的女人:见第五章注释。

下意识地从篮子里掏出镪水瓶子,小心翼翼地搁在柜台上,然后一句话也没说就走了。回到家,一向不爱哭的我像孩子似的哭了起来。

三十七

桌布上印着橡子和树叶的图案,中间有一块墨渍,用黄铜花瓶盖住。花瓶上的图案是正在编花环的仕女,她们身披轻纱,长发在风中飘荡。花瓶里铺了一块青苔,上面插着假花——红玫瑰和小雏菊。橡子图案、有墨水渍的桌布边缘垂着打了三排结的流苏。餐具柜是红木做的,台面上镶了粉色大理石,顶上是放玻璃器皿的小柜。我说的"玻璃器皿",就是摆着好看、纯粹做装饰的酒杯、水壶和酒瓶。朝向天井的窗户总是黑漆漆的,厨房的窗户也是。那是个饭厅——屋里唯一的饭厅,有两扇窗户。另一扇窗户底下是店铺。那扇窗总是敞着,方便杂货店老板吃饭的时候看店。椅子是维也纳风格的,椅座和靠背上有好多小洞。杂货店老板总是问我:"你不累吗?"他也叫安东尼,跟我儿子同名。我告诉他,苦活、累活我都做惯了。有一天,我告诉他,我年轻时在一家糕点店干过。他喜欢时不时地跟我聊聊天。在饭厅昏暗的灯光下,几乎看不见他脸上得天花留下的麻子。店铺朝向饭厅的地方没有门,只有个方便进出的门洞,杂货店老板在那里挂了一个竹帘。竹帘上画着个日本仕女,她发髻高耸,插满簪子,看起来像个针垫,手里拎着个鸟笼,前面摆着一盏点亮的灯笼。

除了两间临街的卧室,窗户底下是通往集市的大街,屋里的其他地方都黑漆漆的。屋里的结构很简单:一条过道,从画着日本仕女的竹帘通往屋子另一头的客厅,客厅里摆着一张长沙发、几把带椅罩的扶手椅和一张长几。过道的左手边是两扇紧挨着的门,通往两间带窗户的卧室,推开窗户就能看见通往集市的大街。过道的右手边是厨房和储藏室,储藏室里没有窗户,里面堆满了谷子、土豆和瓶子。过道的两边就是这样。过道的尽头是客厅,客厅的右边是杂货店老板的卧室,跟客厅一样大,附带门廊。门廊顶上是二楼的阳台,用四根锻铁柱子撑起来。门廊的外面是个尘土飞扬的院子,跟属于二楼的花园中间隔着一道铁栅栏。院子里总是落满了楼上住户丢下来的纸屑和垃圾。属于二楼的花园里只有一棵树,一棵营养不良、瘦巴巴的桃树。桃子还没长到榛子那么大,就纷纷落到了地上。花园的栅栏旁边有一扇小铁门,门外就是通往集市的大街。那扇门关不拢,只能关上一半。再回过头来说客厅。长几上摆着一面细木装饰的镜子,两边各有一只钟形玻璃罩,里面是各种野花:罂粟花、麦穗、矢车菊和野玫瑰。两只玻璃罩中间有一只大海螺,如果你把它贴近耳朵,就能听见大海的声音。那海螺里肯定装着大海的各种咆哮，我觉得它比任何人都厉害，因为没有人能忍受里面翻滚的海浪。我给它擦灰的时候，总会拿起来听一会儿。

屋里铺着红色的地板砖，你刚刚擦完，转眼就会落上灰。杂货店老板告诉我的第一件事就是：千万当心，别敞着客厅和卧室附带的门廊的门，因为耗子会钻进来。腿细细长长的耗子，贼眉鼠眼的小耗子。它们会从院子的铁门旁边的阴沟里爬出来，钻进店里，啃穿麻袋，偷吃谷子。虽说现在谷子奇缺，但要是它们只吃谷子，其实也没多糟糕。最糟糕的是，老板或者店员把麻袋搬去店里的时候，麻袋顺着地板往前拖，谷子撒得哪儿哪儿都是，铲回去实在太麻烦了。店员吃住都在二楼，因为一旦店里的金属卷帘门拉下来，老板就不喜欢家里有外人。

杂货店老板睡的是一张双人床，后来他告诉我，那是他爸妈以前睡的床。他总觉得那张床闻起来有家的味道，有他妈妈双手的味道，有他妈妈冬天在炉灶上给他烤苹果的味道。那是一张四柱黑床，每根床柱都是两头细、中间粗。上面顶着颗球，球上面还有根柱子，也是两头细中间粗。床上铺的羽绒被跟我以前盖的，后来不得不卖掉的那床一模一样，上面也有用钩针织的玫瑰，摸着是凸起的。钩针织的流苏穗子可以散开，也可以卷起来，拆洗和熨烫都很方便。屋子的角落里摆着一扇屏风，可以在后面脱衣服。

三十八

重新振作起来并不容易,但在差点儿自我了断之后,我的精神慢慢恢复了。孩子们看起来再也不是皮包骨头了,青筋也没那么明显了。我还清了拖欠的房租,不是用挣来的钱,而是用省下来的钱,因为每天干完活儿,杂货店老板总会说:"给你,拿着。一小袋米。一包鹰嘴豆。"他总是说,他的配给多得吃不完。"店铺虽说还没回到战前的样子,但生意还算可以……再来点火腿片,或者香肠片,免得单吃菜没味道……"他给了我很多东西,很多很多。我没法形容这对我们来说意义有多大。我会抱着纸袋跑回公寓,上楼时总会摸摸墙上画的天平。孩子们会等着我,迎接我,眼睛瞪得大大的:今天是什么呀?我会把纸袋搁在桌上,跟孩子们一起把蔬菜取出来。要是小扁豆里头掺了小石子,他们会先把石子丢在地板上,然后再一起捡起来。天气暖和的时候,我们会上屋顶的天台,坐在地上。我夹在他们俩中间,跟睡觉的时候一样。要是天特别热,我们有时会在天台上打个盹儿，直到阳光照到眼睛上，晒得我们眼前一片红。我们被晒醒以后，不等醒透就眯着眼跑回家，躺在毯子上继续睡，因为床垫早就没了。我们会一觉睡到该起床的时候。两个孩子从来不提他们的爸爸，就跟他不存在一样。我时不时地会想起他，但尽可能不去想，因为我发现那么做太累人，简直没法形容有多累人。我不得不努力活下去。要是我一直想他，脑子就会生疼，像是里面烂掉了似的。

我在杂货店干了好几个月，大概一年多一点吧……花了好几个月打扫他的屋子，让整栋房子像别针一样闪闪发光。所有家具都拿油掺醋抛了光，羽绒被洗得比最白的牙齿还要白，扶手椅罩和长沙发罩也都洗净、熨平了……就在这个时候，杂货店老板问我，我的孩子有没有去上学。我说，现在没有。有一天，他说，我第一次进店买鸟饲料的时候，他就注意到我了，还有乔。他说，那个小伙子总是站在街上，两手插在口袋里，左看看，右瞧瞧。我问他，他一直待在柜台后面，怎么会看见。他说："你不记得我堆在路边的麻袋了吗？就算没有那些麻袋，就算不用出去拿鸟饲料，我还是能看见他。"因为他在柜台后面摆了一面镜子，角度刚好方便他看店，确保没人偷东西。那面镜子可以保证，就算他人在店里，也能看见路边的麻袋，看小孩子有没有伸手进去掏鸟饲料。他叫我别生气，然后告诉我，那天他追上去问我愿不愿意帮他打扫卫生，是因为我脸上的表情把他吓坏了，他觉得我肯定过得不好。我告诉他，其实也没有啦，只是乔打仗牺牲了，我们过日子不容易。他说，他也去打仗了，在医院里躺了一年。他是被人从战场上救回来的，当时已经半死不活了，医生尽可能地治好了他。然后他又说，想麻烦我星期天下午三点来一趟。说着，他又补了一句，他觉得，我不用担心跟他单独见面，毕竟我们已经认识这么久了。

三十九

下楼的时候，我摸了摸墙上画的天平。那个星期天的下午，天阴沉沉的，没有刮风，没有出太阳，也没有下雨。我觉得喘不过气来，就像刚从海里钓上来的鱼。杂货店老板让我从院子的小门进去，那扇门会像往常一样开着。那是星期天唯一的入口，因为他可不愿意一有客人来，就费劲儿地去升降卷帘门。我也不知道为什么，但我打算去见他。我已经下定了决心，证据就是我现在走在半路上。我走走停停，花了不少时间打量自己在商店橱窗里的倒影，看着自己走过一扇扇橱窗，里面的一切看起来都更暗，也更亮。我怎么看自己的头发都不顺眼，那是我自己剪的、洗的，但还是觉得有点儿乱。

他站在两根柱子中间等我。那栋房子的二楼有六间公寓，公寓的后阳台是用四根柱子撑起来的。我正要往里走，顶层一间公寓的阳台上突然飞下一架小飞机，是用报纸折的。杂货店老板一把抓住它，说最好什么也别说，因为要是他抱怨的话，楼上的人可能会生气，扔更多东西下来。能看得出，他刚刚刮过胡子，一边的耳朵底下割了个小口子。阴天光线昏暗，得天花留下的麻子似乎深深地陷进了他的脸颊，每个小圆坑里的皮肤都比从娘胎里带出来的肤色浅一些。

他问我愿不愿意进屋说话，然后就请我走在前面。屋里看起来有点儿怪，因为少了平日从竹帘透进店里的亮光，每件东西看起来都不一样了，就跟换了一栋房子似的。饭厅里的灯亮着，那蓝灯是个倒扣的瓷碗，吊在从天花板垂下的六根铜链上。碗边挂着一些小玻璃管，跟碗一样是白色的。有时候，要是楼上的公寓有人跑动，那些小玻璃管就会叮当作响。我们走进饭厅坐下。

"想吃点儿饼干吗？"

他把一个方形饼干盒推到我面前，里面铺着一层层香草饼干。我推开盒子，说："谢谢，但我不太饿。"他问孩子们怎么样，边说边把饼干放回碗柜，它们平时一直放在那儿。我意识到，他的一举一动都很不自在。我觉得，他就像一只刚刚张开壳的海洋生物，看起来孤苦伶仃的。他说，很抱歉请我星期天过来，我本该在自己家里打扫卫生，陪孩子们的。就在这个时候，楼上有人跑过，小玻璃管叮当作响……我们抬头看着摇来晃去的灯，等小玻璃管不响了，我就开口了，让他想说什么就说吧，如果他真有事要对我说的话。他说，有些话很难说出口。

说着，他把手搁在桌上，十指交叉，两手紧握，关节绷得发白。然后他才说，他不知怎么做才好，因为他的生活很简单，总是闷在店里，没日没夜地张罗店里的事，忙着干活儿，打扫卫生，盯着店里的麻袋，就怕让耗子啃了，因为以前有只耗子在一堆洗碗布里做了窝，还在里面拉了屎。虽说他把大耗子和刚出生的小耗子全弄死了，但没发现洗碗布脏了。店里的帮工把洗碗布摆出去卖，有个女仆买了两块。那个女仆笑得很甜，可他一点儿都不喜欢她。没过多久，那个女仆跟她的女主人一起来了，抱怨说，真不敢相信他这么粗心，卖的洗碗布里有老鼠屎，那可是洗碗用的啊。他说洗碗布的故事，是为了告诉我，我应该当心点，别让阴沟里爬出来的耗子从院子钻进屋里。他说，他的生活没什么意思，也没多美好，纯粹就是干活儿和攒钱养老。他说，他常常想到年纪大了要怎么办，他想做个受人尊重的老人，而老人想受人尊重，就得能赚钱养活自己。他说，他是那种闲不住的人，但常常会想年纪大了要怎么办。等到头发没了，牙掉光了，腿脚也不方便，连鞋都穿不上的时候，他可不想辛苦干了一辈子，到头来还得进救济所。他松开手，两根指头伸进遮住桌布墨渍的花瓶，从红玫瑰和小雏菊中间拈起一撮青苔。他挪开视线，不敢看我，说他常常想到我和我的孩子们，说他相信人跟人之间是有缘分的……他请我星期天过来，是为了和我好好聊一聊，因为他想问我一件事，可他不知该怎么开口，特别是他不知我会有什么反应。楼上又有人跑来跑去，小玻璃管又叮叮当当地响了起来。他说:"只要他们别把咱家天花板弄塌就行……"他这么说,就像我也是家里的一员似的……他说,他孤零零的一个人,没有父母,也没有亲人,像天上掉下的雨点一样孤单。我可以信任他,听了他想说的话可别生气……他想说的是,他不是那种能孤零零过日子的人……他静了好一会儿才抬起头,看着我说:"我想跟你结婚,可我没法成家……"

说完,他用拳头狠狠地捶了一下桌子。这就是他的原话:他没法成家,可他想结婚。他把从黄铜花瓶里拈出的青苔搓成了一个小绿球,然后站起来,望着竹帘上的日本仕女,再转过身来坐下。还没坐稳,他就问道:"你愿意嫁给我吗?"

我一直担心他要说这个,虽说早有预料,可听到这话,我还是惊呆了,一下子没反应过来。

"我单着,你也是,我需要有人做伴,你带孩子也需要有人搭把手……"

他站起身来,看起来比我紧张得多。他穿过画日本仕女的竹帘,走进饭厅又走出去,来来回回走了两三趟……重新坐下以后,他告诉我,我根本不知道他有多好,是个多好的人。从我进店买鸟饲料的那一刻,他看见我背着几乎背不动的分量起,他就一直对我有好感。

"我想到你孤零零的一个人,出门干活儿的时候,孩子们被孤零零地关在屋里……我可以改变这一切……要是你不愿意,就当我什么也没说过……但我要再说一遍,我没法成家,因为战争把我变成了废人,而你能带给我现成的一家子。"他还说,"我不想有什么误会,娜塔莉亚。"

四十

我走回自己家,脑袋晕乎乎的,但又不想找人聊这件事。可是,等到晚上十点,我实在憋不住了,就拽上孩子们,直奔恩瑞奎塔太太家。她已经在梳头,准备上床睡觉了。我让孩子们坐在龙虾挂画跟前,叫他们好好看画,然后就跟恩瑞奎塔太太进了厨房。我告诉她发生了什么事,还告诉她我以为我听懂了,可又觉得好像没懂。恩瑞奎塔太太说:"他肯定是打仗的时候受了伤,就是你想的那回事。这就是为什么他想娶你,因为你能给他一个现成的家。很多没成家的男人都觉得自己像漂在海上的空瓶子。"

"我要怎么跟孩子们说呢?"

"你就跟他们说,你已经答应了。你就当那是天底下最自然不过的事,他们又懂什么嘛……"

我思前想后了好几天,考虑了所有好处和坏处,最后终于下定决心,跟杂货店老板说:"好吧,咱们结婚吧。"我说,我花了点时间考虑，是因为他让我吃了一惊，而且随着时间一天天过去，我越来越吃惊。我还说，这么做是为了两个孩子好，他们比实际年龄懂事，因为饥饿和战争让他们早早就懂事了。他用颤抖的手握住我的手，说我想象不出这让他多开心。然后，我就去干活儿了。我站在阳台边洒满阳光的瓷砖地上，一道阴影从桃树上飞了起来，那是一只鸟。楼上的阳台落下了一团灰尘，掉进了院子里。我在摆着钟形玻璃罩的房间里发现了一张蜘蛛网，架在两只玻璃罩中间，连起两边的底座，从海螺上方越过。我用目光扫过整间屋子。再过不久，这里就会是我的家了。我觉得嗓子眼里像是哽了什么东西，因为我刚答应求婚，就想反悔。我一点儿也不喜欢这个地方，那间店铺，那条像肠子似的脏兮兮的过道，还有从阴沟里爬出来的耗子。那天中午，我就跟孩子们说了。不是说我要结婚，而是说我们要搬进新家，一位好心的先生会帮忙，还会送他们去念书。两个孩子都没说话，但我觉得他们心里明白。他们已经习惯了不说话，只是眼神变得很忧伤。

从那个星期天算起，又过了三个月，我跟安东尼在一天清早结了婚。从那天起，安东尼就变成了"安东尼爸爸"，我儿子则成了"小安东尼"。不过，我们很快就改口喊他托尼了。

我们结婚前，他翻新了整间屋子。我说想给孩子们准备黄铜床，就有了黄铜床，就像我从小睡到大，后来不得不卖掉的那张。我说想要炉灶，就有了炉灶。我说想要没有墨渍的桌布，就有了新桌布。有一天，我对他说："我虽然没啥钱，但也是有感情的，不想把老房子里惨兮兮的玩意儿搬进新家，就连衣服也是。"于是，我们统统买了新的。我说"我虽然没啥钱，但也是有感情的"的时候，他说他也一样。这是大实话。

四十一

孩子们开始念书了。兄妹俩一人一间卧室,每间卧室里都有一扇窗户,一张黄铜床架的小床,上面铺着雪白的床罩,冬天再加一床黄色羽绒被,还有白色的桌子和小扶手椅。结婚后的第二天,安东尼说,他再也不想看见我洗洗涮涮了,我应该请个清洁女工,让她每天早上过来打扫。如果我想要的话,还可以请个女佣,让她每天下午过来帮忙。就像他说过的那样,他娶我又不是为了让我洗衣服,而是想有个家,他想看见家人开开心心的。我们什么都不缺:衣服、瓷餐具、刀叉,还有香皂。卧室在冬天能把人冻僵,其他月份也冷飕飕的,所以我们睡觉都穿着袜子。

恩瑞奎塔太太来做客。跟头一次一样,她又撺掇我讲新婚之夜。既然没法做那档子事,那我们一晚上是怎么挨过来的。说完,她就哈哈大笑起来。她第一次来看我的时候,我们先是并排坐在带罩子的长沙发上,后来变成了一人坐一把扶手椅。

因为她说长沙发太软了，坐着容易往下陷，紧身胸衣上的一根辐条直戳她的胳肢窝。她的坐姿很怪：两脚并拢，膝盖分开，背挺得笔直，鲅鳙鱼似的大嘴和蛋筒似的尖鼻子朝下。我把所有衣服都拿出来给她看，有在家里穿的，也有出门穿的。她说，光开小店可买不起这些，安东尼肯定有家底。我说我不知道。她看见屏风的时候简直惊呆了，说："真能想啊！"我告诉她，我请了个清洁女工，她说这是我应得的。我告诉她，清洁女工叫罗莎。有时候，恩瑞奎塔太太会早早地过来看罗莎，特别是罗莎熨衣服的那天，通常都在摆着带罩长沙发的房间里熨衣服，因为恩瑞奎塔太太最爱看人熨衣服。她离开的时候总是穿过店铺，安东尼每次都会给她一小包饼干，就这么赢得了她的好感。以至于到了后来，恩瑞奎塔太太总把安东尼挂在嘴边，还情意绵绵地看着他，就像安东尼是她的一样。

有一天，我们逮住了一只小耗子。那天下午，我在一只捕鼠夹里发现了它。我最先注意到，就喊来了所有人，叫大家全到院子里来。那只耗子卡在捕鼠夹里，被夹成了两半，肚皮上破了个窟窿，血淋淋的肠子拖在外面。从它屁股后面的洞里，能看见一只快出生的小耗子的尖嘴。它看起来很精巧，小小的脚趾，白白的肚皮。那肚皮不是真的纯白，只是看起来像白色，因为比其他地方的颜色都浅。三只大头苍蝇正在大口大口地喝它的血。我们刚一靠近，一只苍蝇就飞走了，像是被吓到了。不过，它很快又飞了回去，加入了其他两只的行列。三只苍蝇都黑得发亮,闪着红光和蓝光,就像乔口中的"魔鬼"一样。它们在大口吞噬那只死畜生,就像乔说"魔鬼扮成苍蝇"的时候一样。可它们的脸是黑的,而乔说过,魔鬼就算扮成大头苍蝇,脸和手也会冒出火焰,所以你永远不会把魔鬼跟真正的大头苍蝇弄混。安东尼见我们对那只耗子那么着迷,就冲上前去,抄起捕鼠夹,把那玩意儿扔进了街上的阴沟里。

孩子们总是围着安东尼转,特别是我儿子。我原先还怕他们处不来呢。女孩子不一样,要腼腆一些。我儿子只要做完了功课,就会在安东尼身边打转。要是安东尼叫他做什么,他总是屁颠屁颠地跑去做。要是安东尼晚饭后看报纸,我儿子就会越凑越近,最后爬到他身上去,借口是也想看报纸。

四十二

我待在家里不出门。大街叫我害怕,只要一把头伸出门外,行人、汽车、公交车和摩托车就会吓到我……我会赶紧转身进门,只有待在家里才觉得舒心。我费了很大的劲儿才熟悉这里的一切,觉得这里是我的家,屋里的东西属于我。还有光和影。我知道白天哪里有光,阳光从什么地方穿过卧室和客厅的阳台,什么时候影子长,什么时候影子短。孩子们第一次去领圣餐,我们都穿上了新衣服。恩瑞奎塔太太帮我给女儿打扮。给她全身搽香水的时候,我说:"瞧呀,她长得多端正……"恩瑞奎塔太太说,要是再涂点油抹抹就好了。我们给她穿上衣服,戴上面纱。恩瑞奎塔太太嘴里衔满发卡,把面纱和皇冠头饰别在她头上。打扮好以后,丽塔看起来像个洋娃娃。我们在家里办了个派对。派对结束后,我走进女儿的卧室帮她脱衣服。她把衬裙折好,放在床上,说她在学校里有个朋友,就是那天早上跟她一起第一次领圣餐的姑娘,她爸爸也去打仗了。别人说他死了，可他两天前回来了。他病得很重，但还活着。他们一直没发现他还活着，因为他被关在牢里，还不能写信……我慢慢转过身去，看着女儿的眼神。我这才意识到，在我努力适应新生活的这段日子里，女儿变了很多。丽塔长得很像乔，眼睛跟乔一样亮晶晶的，活像个小猴子，还有一种我说不清的气质，似乎预示着有坏事要发生。我就是从那时开始焦虑发作的。我开始翻来覆去地睡不好，睡不着，更别提好好过日子了。

如果乔没有死，就会回来。有谁亲眼看见他牺牲了？没有。他们带给我的手表是乔的，这是事实，但手表也可能是落到别人手里了。我们相信乔死了，纯粹是因为那块表，但它可能并不是戴在乔的手腕上。要是他像丽塔朋友的爸爸一样还活着，病恹恹地回来了，却发现我嫁给了卖鸟饲料的杂货店老板，那该怎么办？我满脑子都是这件事。当孩子们不在家，安东尼在店里招呼客人的时候，我就会在过道上走来走去，仿佛那条过道是专门给我准备的，就像有人知道我需要有个地方走来走去似的：从客厅的阳台走到饭厅里挂的日本仕女竹帘那里，再从日本仕女竹帘那里走回客厅的阳台。走进我儿子的卧室，前面是墙。走进店里的洗手间，前面还是墙。到处都是墙、过道和日本仕女竹帘，从墙走到墙，从墙走到过道，再从过道走到墙。我走来走去，想东想西，时不时地走进一个孩子的卧室，捶几下墙。再走进另一个孩子的卧室，再捶几下墙。然后继续走来走去，继续捶墙。一会儿拉开抽屉，一会儿关上。清洁女工洗完碗准备回家的时候,会用甜得发腻的声音说:"明天见,娜塔莉亚夫人。"然后,我走进厨房,前面还是墙,还有那个水龙头。水"滴答滴答"地往下淌,我伸出手指在下面晃呀晃,从左晃到右,从右晃到左,就像下雨的时候雨刷擦挡风玻璃似的。我就这么晃呀晃,半个钟头,三刻钟,一个钟头过去了……完全不知道自己在干什么,直到胳膊酸了才停下来。这能让我不再去想,要是乔跨越千山万水,刚从牢里放出来,就直接回了家。他爬上楼梯,却发现公寓里住了别人。他会赶紧跑下楼,问楼下杂货店的老板发生了什么事。那老板会说,我嫁给了卖鸟饲料的杂货店老板,因为我们以为他在战场上牺牲了。乔会跑过来找我,一把火把所有东西全烧光。男人上前线打仗,回来才发现自己没了家,没了太太,也没了孩子。他刚刚从牢里出来,病恹恹的,跟以前一样……因为以前他说他病了的时候,我总是信他。要是我背对竹帘站着,有一丝小风吹过,画着日本仕女的竹帘沙沙作响,我就会惊恐地转过身去,心想:肯定是他回来了!我最好还是追上去,叫他别担心,说我这辈子只嫁给他……我肯定逃不过他的一顿臭骂。我就这么担惊受怕地过了两三年,也许长些,也许短些,因为我也记不清了……恩瑞奎塔太太养成了一个坏习惯,我们单独待在一起的时候,她老是说起乔:"你还记得他以前会骑摩托车带儿子出去吗?他在儿子出生的时候说了什么?他在丽塔出生的时候说了什么?他喊你'小白鸽'的时候说了什么?你还记得这个吗?你还记得那个吗？"

我不得不逼自己出门，因为我吃不下，也睡不好，必须出门散散心。大家都说我需要呼吸新鲜空气，因为我活得像坐牢似的……因为太久没出门，我第一次跟丽塔出门的时候，街上的气味让我直犯晕。我们沿着主街逛呀逛，看橱窗饱眼福，走得很慢。走到一个地方，丽塔看着我，说我的眼神像在害怕什么。我说，我好像出现幻觉了。我们接着逛，反正没啥差别……走到街尾，丽塔想过马路，沿着街对面往回走。我刚踩上马路牙子，整个世界就像被云罩住了。我看见了蓝灯，起码有十几盏，就像蓝色斑点组成的大海在翻滚。我晕倒在地，最后是被人送回家的。晚上，等我感觉好些了，全家人一起吃晚饭的时候，丽塔说："她过马路的时候晕倒了，我不知怎么办才好。"她说我的眼神看起来很惊恐。大家都说，那是因为我在家里憋得太久了，得慢慢来，出门多走走就好了。我确实出门了，只不过换了个地方——一个人去公园散步。

四十三

　　我看着很多叶子落下，很多新芽长出来。有一天，我们吃午饭的时候，丽塔说她想学外语，只想学外语，这样她就能去航空公司工作了。她想做个空中小姐，坐飞机飞来飞去，帮乘客系好安全带，免得他们飞到半空中，还要给他们送饮料和垫脑袋的枕头。丽塔话还没说完，安东尼就一口答应下来。那天晚上，我跟安东尼说，在答应之前，他应该先跟我商量一下，弄清楚丽塔做空中小姐到底是不是好主意。他说，也许我们是该先商量一下，但如果丽塔下定决心要去飞机上工作，那不管我们怎么劝，她都不会改主意的。他说，最好让年轻人放手去做，因为他们比我们这帮老家伙有见识，老人只会像螃蟹一样倒着走。他还说，他早就想告诉我一件事，之所以一直没说，是因为我看起来不大爱说话。既然聊到了丽塔，他觉得必须告诉我，在我们仨来到他身边之前，他从来没觉得这么幸福过。他想谢谢我，因为我给他带来了幸福和好运，虽说现在的情况没有战前好，但一切都顺顺利利的。他说，他所有的钱都是留给我们的。说完，他就睡着了。

我不知自己是睡着了还是醒着，但我看见了鸽子。我看见它们就像过去一样，一切都跟过去一模一样：漆成深蓝色的鸽舍，铺满茅草的鸽子窝，天台上晾衣服的铁丝因为太久不用而生了锈；还有那扇活板门，鸽子穿过整间公寓，从后阳台飞到临街的阳台上……一切都是老样子，但一切都很美好。那些鸽子不会拉屎，不会生跳蚤，只会像小天使一样掠过天际。它们飞得像闪电一样快，你追我赶，拍着翅膀掠过屋顶……小鸽子一孵出来就长满了羽毛，不是浑身血淋淋的，脖子上没有支棱着短羽毛，头、嘴和身子也成比例。它们的父母不会急匆匆地把吃的塞进它们嘴里，它们也不会在吃食的时候唧唧乱叫。要是孵到一半的鸽蛋掉到地上，也不会腐烂发臭。我照顾鸽子，给它们铺上新鲜的茅草。天热的时候，它们食盆里的水也不会变浑……

第二天早上，我把这些说给一位太太听。她跟我并肩坐在公园的长椅上，面朝玫瑰园。我告诉她，我以前有四十只鸽子……不，是四十对鸽子，也就是八十只……各种各样的都有。有花领带鸽，还有羽毛倒着长的，就像它们出生在上下颠倒的世界里……球胸鸽，扇尾鸽……白色的，红色的，黑色的，带斑点的……羽毛像兜帽的，像披巾的……羽毛像皱领一样翻起来，把尖嘴和眼睛全遮住的……还有那只咖啡色斑点的……它们都住在专门为它们盖的塔楼里，要沿着螺旋形坡道爬上去。斜坡的两边开了很多狭长的窗户，每扇窗户底下都摆着个鸽子窝。等进窝的鸽子栖在窗台上。远远望去，塔楼就像一根布满鸽子雕像的立柱，只不过那些鸽子是活的。它们从来不从窗口往外飞，只从塔顶飞出去。它们起飞的时候，就像一条由羽毛和尖嘴组成的飘带。只可惜打仗的时候那座塔楼被炸掉了，一切都结束了。

那位太太讲给另一位太太听，那位太太又讲给别人听。她们窃窃私语，口口相传。看见我走近的时候，总会有一位太太告诉其他人：她就是那个养鸽子的太太。时不时地会有不明就里的人问："它们在打仗的时候全死了吗？"有一位太太告诉跟她并肩坐在公园长椅上的女士，她现在满脑子都在想那座塔楼……另一位太太告诉那个不明就里的人：她丈夫给她盖了一座塔楼，里面养满了鸽子，那座塔楼就像一朵圣洁的祥云……聊起我的时候，她们会说："她很想她的鸽子，她很想她的鸽子。鸽子太太很想她的鸽子，还有她那座从上到下开满小窗的塔楼……"

我去公园的时候，尽量不走车多的那条路，因为会头晕。有时候，我会绕到屋子后面，沿着安静的街道往前走。我有两三条路线，免得老走同一条路会觉得无聊。我会在我喜欢的那些房子前面停下，仔细打量它们，直到闭上眼也能想起每个细节。要是我看见一扇窗户敞着，里面没有人，就会朝屋里张望。

我会边走边想，不知摆黑色钢琴的房间是否开着窗，点蜡烛的大厅开着窗吗？不知那个有白色大理石门厅的宅子里，门房有没有把绿植的花盆摆在路边等着浇水。不知那座前面带花园的豪宅里，铺蓝色瓷砖的喷泉有没有打开……有些日子下雨，我待在家里会犯晕。于是，下雨天我也出门散步。下雨的时候，公园里没有人。我会带张报纸，哪怕只下毛毛雨，我也会把报纸铺开，垫在长椅上。然后打着伞坐在上面，看着雨点沿着花瓣往下淌，或者欣赏花开花谢……然后再回家去。有时候会遇上瓢泼大雨，不过没关系，就算是大雨我也喜欢。我从来不急着回家，要是碰巧走过那个有白色大理石门厅的宅子，种了绿植的花盆摆在路边接雨水，我总会停下来看看。我知道哪个花盆种了哪种植物，也知道哪盆被修剪了。我会沿着空无一人的街道散步，尽可能放松下来……我沉浸在一个接一个的白日梦里，心变得越来越软，随便什么都会惹我掉眼泪。于是，我总在袖子里揣上一块小手帕。

四十四

一天晚上，我儿子正打算回卧室，安东尼让他再待一会儿，说想跟他聊聊。我已经收拾好了桌子，铺好了桌布，把花瓶放回了桌子正中央，就是那个仕女图案的花瓶。仕女们围成一圈，身披轻纱，长发飘飘。瓶子里原先插的假花早就换了，因为玫瑰和雏菊已经不时兴了，现在插的是郁金香和杏树枝。安东尼问他，有没有想过以后要做什么，因为他很好学，在学校的成绩也不错，说不定会想上大学，现在就可以想想要学什么专业了。他可以慢慢考虑，没必要马上回答，不用着急。我儿子低头盯着地板，认真听着。安东尼说完后，他抬起头，先看了看我，然后看着安东尼，说没什么好想的，因为他早就下定决心了。他说，他不想上大学，他念书是为了学习需要知道的东西，因为人确实需要学习，他也很高兴能学知识。不过，他这个人讲实际，不想离开家，只想像爸爸一样，当杂货店老板。他接着说："您年纪也不小了，以后会越来越需要我帮忙。"安东尼拈起一撮青苔，搓成小球，边搓边说："我只想说明白一件事——开杂货店只能保证你不挨饿，可没法让你施展才华。"

安东尼边搓青苔球边说，也许孩子这么说只是为了让他高兴。他觉得应该把话说开了，不能说到一半就算了。他叫托尼别着急，再多想想。他不希望托尼只为了让他高兴，就跟杂货店绑在一起，不然将来会后悔的。而且，他——安东尼爸爸——早就意识到我儿子有能力，想做什么都能做得成。托尼听的时候一直紧紧地抿着嘴，皱着眉头，起了两道深深的皱纹。他很固执，说他清楚自己在说什么、在做什么，以及为什么要这么做。他起码重复了两遍，最后忍不住发起脾气来。他这孩子一向很温和、很听话，那天却发了火。发火之前，他也紧张地拈起了一撮青苔，碰得花瓶里所有的花都颤了颤。他们父子俩都搓起了青苔球。托尼说，他决定干这一行，是因为想给爸爸帮忙，继承这门生意，让店铺好好发展，因为他真的很喜欢那家铺子。说完，他匆匆道了声"晚安"，就回卧室去了。我们沿过道回房睡觉的时候，安东尼不停地嘀咕，就像停不下来似的："我不配……我不配……"但他又说，孩子这是在犯傻，要是孩子成为医生或者建筑师，哪怕只是离开家，他都会以孩子为荣的。

我们总是在屏风后面脱衣服，免得卧室里的椅子整晚都堆满衣服。屏风后面有个小凳子，方便我们坐着脱鞋，还有个衣架。安东尼会穿着睡衣从屏风后面走出来。我要么在他前面，要么在他后面,也会穿着长睡衣走出来,扣子扣到最上面一颗,袖口的扣子也扣紧。从一开始,安东尼就告诉我,这种在屏风后面脱衣服的习惯是他妈妈传下来的。做屏风的料子是皱巴巴的那种,撑在黄铜小棍上,可以取下来清洗。那料子是天空一样的蓝色,上面有星星点点的白斑,像小雏菊散落的花瓣。

晚上,我睡得很浅,但确实睡着了。我被第一辆去往集市的手推车吵醒了,起床去喝水。喝水的时候,我侧耳倾听,确保孩子们还在睡。因为不知该做什么,我穿过画着日本仕女的竹帘,在店铺里走来走去,把手伸进装谷物的麻袋。是装玉米的袋子,不是其他袋子,因为它摆得离饭厅最近。我把手插进去,抓起一把顶上带白点的金黄玉米粒,然后抬起手,十指张开,让玉米粒像雨点一样落下去。然后,我又抓了一把,闻了闻自己的手,闻见了各种各样的味道。我打开厨房的灯,在明晃晃的灯光下,能看见小抽屉正面的玻璃板闪闪发光,那些抽屉里装着烧汤用的小面片——形状是星星呀,字母呀——还有小米和胡椒粉。玻璃罐也亮闪闪的,里面装着绿橄榄和黑橄榄。橄榄的外皮全皱巴巴的,像是放了一百年。我拿像桨一样的木勺搅拌它们,罐子侧面浮起了白沫,空气中弥漫着橄榄的味道。这么打发时间的时候,我有时候会想,这么多年过去了,乔肯定是死了,真的是不在了。那个像水银珠子一样好动,在饭厅里草莓色吊灯底下设计家具的人,是真的不在了……我会想,我都不知他牺牲在什么地方,有没有被好好地安葬,可能在很远很远的地方……不知他是不是躺在地面上，在阿拉贡沙漠的草丛里，大风吹拂着他的枯骨。还是说，大风吹来的黄沙已经掩埋了他的尸骨，只剩肋骨露在外面，像个空荡荡的笼子。那里面曾经装着粉红色的肺叶，上面有很多不断蔓延的小窟窿，现在却爬着叫人恶心的蠕虫。肋骨基本都在，只缺了一根，那就是我。我刚冲破肋骨构成的笼子，就摘下了一朵小蓝花，扯下花瓣。花瓣像玉米粒一样在空中打转。所有花都是蓝色的，跟大海、河流、泉水一个颜色。所有叶子都是绿色的，跟嘴里叼着苹果、鬼鬼祟祟的蛇一个颜色。当我摘下那朵花，扯下花瓣的时候，亚当打了一下我的手："别搞破坏！"蛇没法哈哈大笑，因为它得咬住苹果，偷偷跟在我后面……后来，我又回去睡了。我关掉了厨房的灯，第一辆手推车已经过去好一会儿了，但有更多的手推车和运货马车陆续经过，走呀，走呀，走呀……有时候，太多的车轮滚呀滚，让我分了心，我就又睡着了……

四十五

安东尼站在客厅的门口,对我说:"有个小伙子想找你聊聊。"罗莎正在熨衣服,我坐在带罩子的长沙发上。安东尼又补了一句,说那小伙子来是想跟他说件事,但他叫那小伙稍等,因为我才是他真正该找的人。我觉得有点儿奇怪,就跟罗莎说我马上回来。她回答说:"别担心,娜塔莉亚夫人。"我好奇地朝饭厅走去,安东尼在过道上告诉我,想见我的那个人肯定是全区最帅的小伙儿。走进饭厅,我差点昏了过去。我发现,那个人是街角酒吧的老板。他算是新来的,因为他两年前才买下那间酒吧。安东尼说得没错,那个小伙子长得很帅:身强体壮,头发黑得像乌鸦的翅膀,为人也很亲切。他一看见我,就说他这个人很老派。我请他坐下,然后我们就都坐下了。安东尼离开饭厅,那小伙子开始说话。他说,他有个坏毛病,是个工作狂。"我工作特别努力。"他说,虽然现在形势不大好,但酒吧兼餐馆赚的钱足够他糊口,还能攒下一小笔钱。明年,他就会买下隔壁的肥皂店。他已经跟店主商量了一阵子了。然后，他就能扩建酒吧和多功能厅。再过三四年，他就能赚到足够多的钱，在卡达克斯小镇上买栋小房子，就在他爸妈家隔壁。因为结婚以后，他希望他太太夏天能在海边度假，他觉得大海是世上最美好的东西。

"我爸妈的感情很好，生活无忧，过得很幸福。要是我结了婚，我希望我太太能说出我爸常对我妈说的那句话。他老是把那句话挂在嘴边：'遇见你的那天，是我这辈子最幸运的一天！'"

我默默地听着，一句话也没说，因为那个小伙子滔滔不绝地说个没完，谁知道他到底想说什么。不过，他一停下来，就一个字也不说了。我等呀，等呀，等了好久，最后忍不住问："你是说……"

他这才说明白，这事跟丽塔有关。

"每次我看见她经过，就像看见了一朵花儿。我是来向她求婚的。"

我站起来，从竹帘中间探出头，喊安东尼过来。他过来了。我正要讲给他听，他就说不用了，然后也坐下了。我说，丽塔从来没跟我提过这件事，我们必须等她做决定。那个小伙子说："叫我文森特就好。"他又补了一句，"丽塔根本不知道这件事。"我告诉他，我要做的第一件事就是跟丽塔聊聊，但他得明白，丽塔的年纪还小。那个小伙子说，他不在乎她年纪小，要是她想等,他愿意等。不过,他已经准备好了,恨不得明早就娶她过门,都不用跟她说一句话。他这个人比较老派,都不敢跟她单独说话。他还说,我们应该跟她聊聊,看她怎么说。"如果你们需要的话,可以到附近打听打听我。"我说,我会跟丽塔聊聊的,但我女儿可能会发脾气,可能根本聊不出结果。我说干就干。丽塔一回到家,我就告诉她,酒吧老板来向她求婚。她看着我,什么也没说,先把书放回卧室,然后走进厨房洗手,最后回来对我说:"你觉得我想结婚,做街角酒吧老板的太太,一辈子埋没在这里吗?"

她在饭厅里坐下,把头发捋到耳后,来回捋了两遍,然后看着我,眼睛亮晶晶的。突然,她哈哈大笑,笑得差点说不出话来。等到能挤出话来的时候,她说:"别老是那么看着我……"

她的笑很有感染力,我也跟着哈哈大笑起来,天知道为什么。我们俩都笑得很大声,安东尼走过来,撩开竹帘,探进头来,但没真正进饭厅,问:"你们娘儿俩在笑什么呀?"我们看见了他,还是笑得停不下来。最后,丽塔说:"笑结婚的事。"她说,她不想结婚,想出去见世面,不想结婚,不想结婚,我们可以原话讲给酒吧老板听,门儿都没有,他纯粹是在浪费时间,她有别的事想做。她又问:"他是来向我求婚的吗?"安东尼说"对",丽塔又笑了起来:"哈哈哈哈……"最后,我说,够了,有个帅小伙儿想娶她做太太,这没什么好笑的。

四十六

　　文森特又来了,这次是安东尼请他过来的。我告诉他:"对不起,丽塔这姑娘很倔,有自己的想法。"他问:"那你们喜欢我吗?"我们说"喜欢"。他很礼貌地回答说:"那丽塔一定会是我的。"

　　他不停地送花过来,还请我们去他的酒吧吃晚餐。托尼站在丽塔一边,说他一点也不喜欢文森特,丽塔说得对,要是她想出去见世面,为啥要跟当地酒吧的小伙扯上关系?要是那个酒吧老板想结婚,有很多姑娘愿意嫁给他。

　　一天早上,丽塔站在门廊的门口。我忘了我在客厅干什么,只记得在窗边看着她。她面朝院子,背对着我,太阳把她的影子投到地上,她的秀发在阳光下熠熠生辉。她身材苗条,两条腿修长又匀称,看起来漂亮极了!她不停地用脚尖蹭地面,在灰尘上画道道。

　　看着她的脚蹭来蹭去,在那里画道道,我突然意识到,我站在丽塔脑袋的影子上。或者说,她脑袋的影子一直往我脚上爬。我想,丽塔的影子就像个跷跷板,我随时可能被跷上天去,因为屋外的太阳加上丽塔,比屋里的影子加上我要重。我能清楚地感觉到时间的流逝。不是通过云朵、阳光和雨水的变化,不是通过夜空闪闪繁星的轨迹,也不是通过春夏秋冬的四季流转,不是让叶子生长或凋落的时间,不是让花儿开放或凋谢的时间,而是我内心的时间。它虽然看不见、摸不着,却在塑造着我们,在我们心中流转,让我们的心脏跳动,从内而外改变着我们,直到我们生命结束的那一天。丽塔用脚尖在灰尘上画道道的时候,我仿佛看见她在饭厅里绕着托尼打转,摇摇晃晃地穿过鸽群……丽塔转过身,看见我站在客厅的门口,有点儿吃惊。她说,她一会儿就回来,然后就从花园的小门出去了。半小时后,她回来了,脸涨得通红。她说,她刚去见了文森特,跟他吵了一架。因为她告诉他,如果一个小伙子想娶一个姑娘,要做的第一件事应该是讨姑娘欢心,而不是背着她去找她爸妈。她还告诉他:"你不该随便给姑娘送花,除非事先确定她愿意收。"我问她文森特怎么说。他说,他真的爱上她了,如果她不要他,他就关掉酒吧,出家做修士去。

我们去文森特的酒吧吃晚餐。丽塔穿了一件天蓝色连衣裙,上面绣着白色的菱形图案。吃饭的时候,她一直闷闷不乐,什么也没吃,说她不饿。到了吃甜点的时候,服务生终于不用再围着我们打转,送上一道道餐点了。文森特像自言自语似的说:

"有些小伙子很会讨姑娘欢心，可我不是那种人。"

不料，他的这句话打动了丽塔，两个人开始谈恋爱了。他们俩谈恋爱就跟打仗一样。丽塔会突然说订婚吹了，她不想嫁给文森特，也不想嫁给其他人。她会把自己反锁在屋里不出来，只有上课才出门，去坐公交车。公交车站就在文森特的酒吧门口。她前脚刚上公交车，后脚文森特就来找我们了。

"有时候，我觉得她爱我，可过几天又觉得她不爱我。有时候，我送她一朵花，她看起来挺开心，可过几天我再送她一朵花，她又不肯收了。"

安东尼走进饭厅坐下，拈起一撮青苔。我安慰文森特说，丽塔年纪还小，像只不懂事的小猫咪。文森特说他知道，这就是为什么他很有耐心，可他受尽了折磨，因为他不知道自己跟丽塔这样到底算什么。丽塔快回来的时候，文森特赶紧告辞离开。托尼有时候会拿文森特打趣，但他发现文森特真的很难过，就开始同情他了。他渐渐站到了文森特那边，开始跟丽塔拌嘴，替文森特说话。他问妹妹："等你见完了世面，又要做什么呢？"

安东尼和儿子聊店里的事，讨论该进什么货、怎么做生意的时候，我通常会离开，让他们爷俩单独聊聊，或是在饭厅里进进出出，忙着收拾打扫，不听他们说话。但有一天晚上，我听见"当兵"两个字，顿时僵在了厨房门口，就像被钉在原地似的。他爸爸说，他当然可以在巴塞罗那服兵役，但那意味着要多花一年时间。托尼说,他宁愿多花一年留在巴塞罗那,也不要去别的什么鬼地方,哪怕那样只用服一年兵役。托尼对他爸爸说,这没什么好奇怪的,打仗的时候,他还是个孩子,有一段时间他不得不离开家,因为家里没吃的,那让他疯了似的恋家,想一直待在家里,就像木头里的蛀虫似的。他会一直那么恋家,永远不会变。他爸爸说:"我懂你的意思。"这时,我走进了饭厅。一看见我,安东尼就说,我们很快就会看见儿子穿上军装了。

四十七

丽塔定下了婚礼的日子，那天我们都在。她说，她之所以答应，是因为不想再看见文森特惨兮兮的，总在附近转来转去，像个可怜的受害人，博得大家的同情。光看文森特的表情，大家就会觉得，丽塔这姑娘真狠心。既然他害得她坏了名声，要是不嫁给他，她就只能出家当修女了。也不是说她不喜欢他，只是她没法做自己想做的事——去当空中小姐了。不过，她也想打扮得漂漂亮亮的，挽着某个帅小伙的胳膊，去电影院或者剧院。而且，她不得不承认，文森特确实长得很帅。她唯一不称心的，也是最在意的，是文森特是土生土长的本地人，出生的地方离我们家很近。我们问为什么，她说她也讲不明白，就是觉得不大舒服，因为跟家附近的人结婚，就像跟家里人结婚一样，她可不想这样。谈恋爱是为了让两个人彼此了解，他们谈恋爱一路谈进了婚礼筹备期。我们雇了个裁缝，请她一星期来两回，还把客厅变成了裁缝作坊。丽塔和裁缝忙着做婚纱的时候，文森特会来我们家做客。丽塔一见他就发火，说他要不是住在街角，就不能老跑来偷看了。他不该在婚礼前见到……文森特知道丽塔说的是什么意思，可就是忍不住。他会走进客厅，一脸犯了错的表情，在那里站上一会儿。要是看见我们都在努力干活儿，他就会转身走掉。最后，我也走掉了，让丽塔和裁缝接着做婚纱，因为丽塔嫌弃我手艺不好。我去了公园。我渐渐厌倦了公园，厌倦了公园里的那些太太。我知道她们会在那里等我，脸上写满同情，因为我曾经有过很多鸽子。以前聊起那些鸽子和它们的塔楼时，我心里会一阵阵难过。不过，随着时间的推移，那痛苦渐渐淡去了。

要是我想回忆那些鸽子，那我宁可一个人待着，用我想要的方式去回忆。回忆有时候会让我难过，有时候却不会，要看天气。坐在绿叶成荫的大树下，我会有点儿想笑，因为我会想起自己摇晃鸽蛋，害死里面的小鸽子。要是天阴沉沉的，我离开家的时候带了伞，在公园里看见一根羽毛，我就会用伞尖把它戳进地里。要是碰巧遇见某个熟悉的太太，她问："你不坐坐吗？"我会说，我也不知怎么了，一坐下就会恶心想吐。要是天气转凉了，我就会说，要是坐下的话，叶子里的湿气会钻进后背，害得我晚上咳嗽……然后，我会站在那儿，饶有兴趣地打量那些脚朝天的大树——树叶就是它们的脚。它们头朝下钻进土里，用嘴巴和牙齿啃泥巴，树根就是它们的嘴巴和牙齿。它们的血液循环跟人不一样，是沿着树干从头往脚流的。风雨和小鸟会给大树的脚挠痒痒。大树的脚出生的时候是那么翠绿，老去的时候又那么枯黄。

回到家，我会像往常一样头晕。不知为什么，呼吸新鲜空气对我只有坏处，没有好处。我走进客厅，会发现所有的灯全亮着，丽塔正嘟嘟囔囔地抱怨，裁缝看起来很不开心。文森特要么站着，要么坐着，要么不在。安东尼老是问我，散步散得怎么样。有时候，托尼会在那儿看丽塔和裁缝做婚纱，不然就是冲丽塔大吼大叫，因为他在兵营里吃得少，老是饿得要命，丽塔又不愿意给他弄吃的。因为丽塔说，要是浪费时间做别的事，就别想在婚礼前把婚纱做好。她想赶紧弄完，一口气全搞定，以后再也不想缝了。结婚以后，她只想过自己的日子，好好享受生活。有时候，我会发现他们在喝下午茶，为了这事那事争个没完。我一回家就换鞋，坐在长沙发上。他们聊天的时候，我眼前会浮现出树叶，不管是死去的还是活着的，那些在树枝上慢慢生长、沙沙作响的，还有那些在半空中旋转、静静飘落的，就像最轻盈的鸽子羽毛。

四十八

举办婚礼的日子终于到了。头天晚上一直在下雨,等到我们该去教堂的时候,外面还在下着。丽塔穿了婚纱,因为我想让她穿婚纱,在真正体面的婚礼上,新娘子都穿得像个新娘子。举办婚礼那天,刚好是我和安东尼的结婚纪念日。恩瑞奎塔太太老得好快,她把龙虾挂画送给丽塔做结婚礼物:"因为你小时候老盯着它看……"安东尼塞给文森特一大摞钞票,说给丽塔做嫁妆。文森特说,虽然他很感谢,但没想过要这个,不管有没有嫁妆,他都会娶丽塔的。丽塔说,等她离开文森特的时候,嫁妆就能派上用场了。丽塔结婚的时候,所有东西应有尽有。我们在文森特的酒吧办了喜酒,就在多功能厅里。他已经买下了隔壁的肥皂店,扩建了原来的多功能厅,还换了门锁、货品和木桶。墙边摆着一盆盆卷柏,上面扎着纸做的白玫瑰,因为真玫瑰已经过季了。吊灯上系着彩带和纸玫瑰,红色的小台灯全开着,虽说那时还是白天。服务员身穿浆洗得笔挺的衬衫,几乎动都动不了。文森特的爸妈从卡达克斯小镇过来了,都穿着一身黑,鞋子擦得锃亮。我的两个孩子,还有文森特和安东尼,说什么也要我穿那条香槟色的真丝连衣裙。我戴了一条长项链,是用珍珠穿成的。文森特面无血色,脸色苍白,因为他说"永远不可能"的那件事终于成真了。他就像先被杀死,然后又被复活了。丽塔的心情不好,因为她走出教堂的时候,裙子的拖尾和头纱都被雨打湿了。托尼没法参加结婚典礼,但来喝了喜酒,还穿着军装跳了舞。我们不得不打开风扇,气流吹得纸玫瑰直颤。丽塔跟安东尼跳了舞,安东尼整个人软得像熟透的桃子。文森特的爸妈从来没见过我,说很高兴认识我,我也说很高兴认识他们。他们说,文森特在信里老是提到丽塔和娜塔莉亚夫人。跳了三支舞以后,丽塔摘下了头纱,说跳舞的时候太碍事。她跟所有人都跳了舞,边跳边仰头大笑。她拎着裙摆,眼睛发亮,鼻子底下、嘴唇上挂着好多亮晶晶的小汗珠。恩瑞奎塔太太戴了一对镶淡紫色宝石的耳环。丽塔跟安东尼跳舞的时候,恩瑞奎塔太太走过来对我说:"要是乔能看见她现在的模样,那该多好啊……"人们纷纷过来跟我打招呼,我基本认不出谁是谁。他们说:"您好,娜塔莉亚夫人……"我跟当兵的儿子跳舞的时候,我的手掌,从手腕到手指的皮肤,都压在儿子手上,仿佛能感觉到床柱在断裂——就是那根圆球摞起来的床柱。我把手缩回来,改搭在他脖子上,捏了捏。他问:"干吗呀?"我说:"我在勒你呀。"我跟儿子跳完舞,珍珠项链缠在了他的军装扣子上,线断了,珍珠散了。大家都开始捡珍珠,然后递给我:"给您,给您,拿好了,娜塔莉亚夫人。"我把珍珠放进手提包。"给您,给您,拿好了……"我跟安东尼跳起了华尔兹,大家都围成一圈看我们跳,因为跳舞之前,安东尼大声宣布我们在庆祝结婚纪念日。丽塔走过来亲了亲我。文森特宣布华尔兹舞曲开始的时候,她凑到我耳边轻声说,她从第一天起就疯狂地爱上了文森特,但不想表现出来,文森特永远都不会知道她有多爱他。她说这话的时候,嘴唇贴着我的耳朵,我能感觉到她滚烫的呼吸喷在我脸上。舞会渐渐进入尾声,很快就要结束了。托尼走了,新婚夫妇也离开了。离开前,丽塔把捧花扔给了某个人。屋里很热,屋外却很凉快,天空是粉红色,感觉就像夏末。外面的雨快停了,但整条街上都弥漫着雨水的味道。我和安东尼回家去,穿过院门,走进屋里。我在屏风后面脱衣服,安东尼说,我该找根不那么容易断的线,把珍珠项链重新穿起来。他也换了衣服,去店里收拾东西。我坐在长几对面的长沙发上,从桌上的镜子里能看见自己的头顶,还有一点儿头发。那些天知道摆了多少年的野花还在两边的钟形玻璃罩里沉睡。海螺搁在长几中间,我觉得能听见大海在里面咆哮:"……啪……啪……"我想,也许没人在听的时候,里面根本没有声音。但你永远也搞不清,没有耳朵在听的时候,海螺里会不会传出浪花拍岸的声音。我从手提包里掏出一颗颗珍珠,放进盒子里,只留下一颗,扔进海螺里,让它跟大海做伴。

我走过去，问安东尼想不想吃晚饭。他说："来杯白咖啡就行了，谢谢。"我是站在过道上问他的，他走进饭厅回答我，说完又穿过竹帘回店里去了。我走回长沙发边坐下，一直坐到天黑，就那么待在一片黑暗中，直到外面的路灯亮起，透进少许微弱的亮光，给红瓷砖抹上了一层幽灵般的白色。我拿起海螺，慢慢地摇晃，听珍珠在里面滚动。海螺是粉色的，带几块白斑，顶上有些小尖刺和小钝刺，里头是珍珠母的颜色。我把它放回原处，心想，海螺就像一座教堂，里面的珍珠就像约翰神父。"啪……啪……"那是一支天使之歌，只有天使知道怎么唱那首歌。然后，我又坐回长沙发，一直坐在那里，直到安东尼过来，问我黑漆漆的，坐着干吗呢。我说，没干吗。他问我是不是在想丽塔，我说是，但其实不是。他在我身边坐下，说还是早点上床吧，他浑身都酸，因为不习惯穿浆洗得笔挺的衣服。我说我也累了。于是，我们就上楼去了。我去给他泡白咖啡。他说，半杯就行了……

四十九

虽说托尼夜里回来会踮起脚尖穿过院子,可我还是被吵醒了。我开始用手指抚摸被罩上钩针织的花儿,扯上面的花瓣。有件家具在咯吱作响,可能是长几,或者是长沙发,也可能是五斗橱……在一片黑暗中,我仿佛看见了丽塔的白色婚纱,裙摆扫过她的缎面鞋,还有镶钻的鞋扣。夜里的时间可真长啊。被罩上的玫瑰花中间都有花心。有一次,一个花心被磨破了,从里面蹦出了一粒小扣子……娜塔莉亚夫人。我坐了起来。托尼怕吵醒我们,只掩上了阳台的门,但没闩上……我走过去关门。走到半途,我突然转过身,回到卧室,摸索着走到屏风后面,摸黑穿上了衣服。那时天还没亮,我像往常一样踮起脚尖,打着赤脚,贴着墙向厨房走去。在儿子的卧室门前,我停下了脚步,倾听他深沉、平静的呼吸声,然后纯粹出于习惯,去厨房喝水。我走近白色的桌子,桌上铺着防水的格子布。我拉开抽屉,掏出一把锋利的土豆削皮刀。刀片是锯齿的,像锯子一样……娜塔莉亚夫人。发明这把刀的人真棒，他肯定是晚饭后趴在桌边，在灯下绞尽脑汁地琢磨了很久。因为以前的刀子不是那样的，需要经常找磨刀匠。也许该怪那个熬夜发明锯齿刀片的人，因为他逼得磨刀匠不得不另找出路。也许倒霉的磨刀匠现在改行了，做别的行当赚得更多。他们会骑上摩托车，闪电似的在路上冲来冲去，把他们的太太吓得够呛。在路上冲来冲去。因为一切都是老样子：马路、街道、过道、屋子。人就像木头里的蛀虫似的，住在那些屋子里。前面总是墙，还有更多的墙。有一次，乔跟我说起木头里生虫真是糟透了。我说，我不懂蛀虫要怎么呼吸，因为它们老在钻呀钻，钻的洞越多，越没法呼吸。乔说，它们天生就是这样，一门心思地在木头里钻洞，就像勤劳的工人。我想，也许磨刀匠还能做老本行，因为不是所有的刀都是厨具，也不是所有的刀都是给救济所和儿童难民营用的，那些地方的负责人只想着省钱。还有人在用带刃的刀，那些刀需要时不时地磨一磨。我的脑子里转着这些念头的时候，我突然闻到了气味——各种各样的味道。那些味道你追我赶，一会儿出现，一会儿消失，一会儿又出现了：我们天台上有鸽子或没鸽子的气味，还有漂白剂的臭味，那是我结婚后才发现的；鲜血的气味，预示死亡的气味；还有钻石广场上爆竹和鞭炮的硫黄味、纸玫瑰的纸张味、卷柏枯叶的气味，那些小小的绿色碎屑从枝头落下，掉在地上，弄得到处都乱糟糟的。还有浓烈的大海的气味。我抬手揉了揉眼睛，突然很好奇，为什么气味叫气味，臭味叫臭味，为什么不能管气味叫臭味，管臭味叫气味？接着，我闻到了安东尼的味道，他醒着和睡着时的味道。我跟乔说过，蛀虫也许不是从外往里钻，而是从里往外钻，从钻出的小洞里探出头，思考自己搞的破坏。还有小孩子的气味——奶味和口水味，鲜牛奶和酸牛奶的味道。恩瑞奎塔太太跟我说过，我们每个人都有许多缠绕在一起的人生，死亡或婚姻有时候能把它们割断，但并不总是这样。而现实生活远离所有缠绕在一起的琐碎人生，才是永恒的，我们该怎么过就怎么过。她还说，那些缠绕在一起的人生会彼此争斗，让我们受尽折磨，我们却不知道发生了什么事，就像我们不知道自己的心脏是怎么跳动的，肠子是怎么蠕动的……还有沾满我和安东尼身上味道的被单的气味，那张吸饱了体味的旧床单的气味，枕头上头发的气味，脚丫留在床脚的气味，在椅背上挂了一整晚的昨天的衣服散发的气味……还有谷物的味道、土豆的味道，从装镪水的罐子里冒出的味道……削皮刀的刀柄是木头做的，用三颗小钉子固定，钉头都被锤扁了，免得跟刀片分开。我就像受到某种力量的驱使，拎起鞋子，走进小院，留下露台门虚掩着。那股力量不是来自内心，也不是来自外在。穿鞋的时候，我靠在柱子上，免得摔倒……我似乎听见了清晨第一辆手推车的声音。那声音渐渐远去，消失在黎明前的黑暗中……在路灯的照射下，桃树的叶子沙沙作响，几只小鸟从树荫里飞了出来，一根树枝晃了晃。天空是深蓝色的。街对面有两栋阳台临街的房子,屋顶映衬着高远的蓝色夜空。我想,我都不知道自己做每件事的时候身在何时、身在何处,仿佛那段时光根本没有留下印记……我摸了摸脸,那是我的脸,我的皮肤,我的鼻子,还有我圆圆的脸颊。虽然我还是我,虽然一切并没有消亡,但在我眼中却朦朦胧胧的,仿佛被雾蒙蒙的灰尘遮住了……我向左转,朝主街走去。那里还不到集市,但比橱窗里摆着洋娃娃的百货商场远。上了主街,我就沿着铺石板的人行道往前走,从一块石板跳到下一块石板,直到踩上长长的马路牙子。我像根木头似的,一动不动地站在马路牙子上,心头涌出了无数往事。一辆电车叮叮当当地开过,那肯定是早晨开出的第一辆车——一辆普普通通的电车,像所有电车一样破烂。也许那辆电车见证了我在街头疯跑,乔在后面紧追不舍,像疯耗子似的逃离钻石广场。我感觉嗓子眼抽紧了,仿佛有颗豆子在撞击耳膜。我觉得恶心想吐,就闭上了眼睛,让电车经过时带起的小风推着自己往前走,仿佛我这一辈子完全仰仗它。迈出第一步后,我看见电车的车轮和轨道间擦出了一串红蓝色的火花。我就像蒙着眼睛走在深渊之上,觉得下一秒就可能摔下去。我紧紧握着刀子,过了马路,还好没有看见蓝灯……走到路对面之后,我转过身,用眼睛和灵魂张望。这不可能是真的,我竟然走到了路的另一边。接着,我开始沿着过去的人生往前走,直到站在了老家对面,飘窗底下……房子的前门关着。我抬头朝上看,仿佛看见乔站在海边的田野里,我正怀着托尼。他递给我一朵小蓝花，笑话我的大肚皮。我想上楼去，回到我的公寓，走上我的天台，来到画天平的墙边，经过的时候伸手摸摸它。我嫁给乔以后，从那扇门进进出出了好些年，后来又穿过那扇门，离开旧公寓，带着两个孩子嫁给了安东尼。街道很丑，房子也很丑，石板路只适合手推车和马儿走。只有远处有路灯，门口光线昏暗。我在门上找乔当年钻的洞，就在锁眼上面。我一眼就看见了：就在锁眼上面，拿软木塞堵着。我用刀尖一点点地抠，把软木塞弄碎，碎屑纷纷掉下来。我把它彻底抠了出来，然后才意识到我进不去，因为我的手指不够长，够不到拽门的绳子。我本该带根铁丝，弯成钩子，把门绳钩出来。我想到了砸门，但又怕声音太响，或者砸到墙上，弄伤自己。我转过身去，歇了一会儿，觉得时间还早。我看着那扇门，用刀尖在上面刻下了"小白鸽"三个字，刻得深深的。然后，我想也没想就走了起来。不是跟着自己的脚步，而是让墙壁引导着我，来到了钻石广场。钻石广场就像一只由老房子拼成的方盒，天空是盒盖。我看见一些小小的阴影在盒盖中间飞舞，房子开始来回摇晃，仿佛它们是水中的倒影，有人在慢慢搅动水面。墙壁开始向上延长，彼此靠近，洞口越缩越小，最后变成了一个漏斗。我感觉有人牵起了我的手。那是马修，他肩膀上站着一只花领带鸽——我以前从来没见过那样的鸽子，它的羽毛闪耀着彩虹的光芒。漏斗周围狂风大作，现在它快合拢了。我抬起胳膊遮住脸，免得被将要发生的事伤到，同时发出了来自地狱般的尖叫。那声尖叫已经在我心里憋了好多年。伴随着那声尖叫，我嘴里还冒出了其他什么东西。它大到没法挤过我的嗓子眼，就像唾沫里卡了只蟑螂。那东西也在我心里憋了好多年，那是我的青春。现在，它随着一声尖叫冲了出来……是我觉得自己被抛下了吗？有人碰了碰我的胳膊，我转过身去，一点儿也不觉得害怕。有个老人问我是不是病了。我听见有人推开了阳台的窗户："你还好吗？"接着，有个老太太走了过来。那老两口站在我面前，我能看见阳台上有个白影。我回答说："我没事了。"更多的人聚了过来，慢慢地，跟天亮起来的速度一样慢。我说："没事了，都过去了，就是神经过敏，没啥好担心的……"说完，我沿着来时的路往回走。我回头看那老两口，他们还站在原地，盯着我。在大清早微弱的光线下，他们看起来好不真实……谢谢。谢谢。谢谢。安东尼这么多年一直在说"谢谢"，我却从来没有谢过他。谢谢……我站在马路牙子上，左看看、右看看，确保没有电车开过来，然后跑着过了马路。到了马路对面，我又转过身去，看看那个快把我逼疯的东西还有没有跟着我。我现在是独自一人了，房子和物件都恢复了原本的颜色。手推车和运货马车沿着大街去往集市，屠宰场的工人走进集市，穿着沾满鲜血的围裙，肩头扛着劈成两半的牛犊。卖花人把一束束鲜花插进装满水的金属罐里，那些花将被扎成花束。菊花散发出一股苦味。人群开始变得熙熙攘攘。我走上了通往我家的那条街，就是一大早总有手推车经过的那条。经过的时候，我瞄了一眼宽敞的街口。几年前，有个男人在那里卖桃子、梨子和滚来滚去的李子，拿一杆老式的杆秤称重，秤砣是铁的，颜色金黄。他把秤高高拎起，一根手指钩着绳圈。地上全是稻草、一堆堆的刨花和皱巴巴的废纸。不用了，谢谢。天上最后几只鸟儿叽叽喳喳地叫着飞走了，在令人战栗的蓝天上振翅高飞。我在小铁门前停下了脚步。阳台一个摞一个地向上延伸，像一座古怪的墓地，点缀着绿色百叶窗，有些卷上去，有些放下来。晾衣绳上挂满了衣服，时不时地能看见一抹亮色，那是种在花盆里的天竺葵。我走进院子，一束阳光照得桃树的叶子闪闪发光。安东尼在那儿等我，鼻子紧紧地贴在窗玻璃上。我故意走得很慢，拖拖拉拉的，慢慢往前走……我的双脚引导着我，它们已经走过了很长很长的路。等我告别人世，丽塔也许会拿安全别针把我的双腿别起来。安东尼推开阳台的窗户，嗓音发颤："怎么了？出什么事了？"他说，他都担心半天了，因为他突然惊醒了，仿佛预感到有坏事发生，接着就发现我不见了，不知去哪儿了。我说："你的脚会冻僵的……我醒的时候天还没亮，怎么也睡不着，需要呼吸点新鲜空气，因为有东西让我喘不上气来……"安东尼什么也没说，就回床上去了。我说："时间还早，可以再睡一会儿。"我从背后打量他，他后脑勺的头发太长了，耳朵冻得发白，看起来可怜兮兮的。天一冷，他的耳朵就会发白……我把削皮刀搁在长几上，开始脱衣服。我先关上了百叶窗，阳光从窄窄的窗缝透了进来。我走到床边,坐下脱鞋。床垫嘎吱作响,因为它已经很旧了,我们早就该换掉那两根弹簧了。我扒下长筒袜,就像剥掉一条长长的皮肤,然后换上睡袜。这时,我才意识到自己有多冷。我穿上洗得褪了色的睡袍,一直扣到最上面一颗扣子,把布料拽平,扣上袖扣,晃了晃身子,让睡袍落下盖住脚面。然后爬上床,把自己裹严实了,说:"今天天气不错。"床上跟金丝雀的肚皮一样暖乎乎的,可安东尼在发抖。我听见他的牙咯咯响,上下牙直打架。他背对我躺着,我伸出胳膊,从他胳膊底下穿过去,搂住他的胸口。我还是觉得冷,就用两条腿夹住他的腿,两只脚压住他的脚,伸手下去解开他的腰带,让他能呼吸得顺畅些。我把脸贴在他背上,贴着他疙里疙瘩的脊梁骨,仿佛能听见他体内的活动。他的心、肝、肺,全都浸泡在体液和血液里。我小心翼翼地把手挪到他的肚皮上,因为他是我的小残废。我把脸靠在他背上,心想,我不想让他死在我的眼皮底下,我想把心里每件事都告诉他,我话不多但心思多,可有些话说不出口,所以就什么也没说。我的脚渐渐暖和起来,我俩就这样睡着了。滑进梦乡之前,我把手挪到他肚皮上的时候,摸了摸他的肚脐眼,接着把手指伸进去,堵住它,这样他就不会从肚脐眼被掏空了……我们出生的时候,都像梨一样……这样,他就不会像长筒袜一样滑落了,就没有哪个巫婆能从肚脐眼把他吸干,把我的安东尼从我身边带走了……我们就那样慢慢睡着了,像两个小天使一样睡着了。他睡到了八点，而我一觉睡到了十二点多……经过那样一个晚上，直到大中午才醒过来。从熟睡中醒来的时候，我嘴里发干，有股苦味。我爬起来，像往常一样迷迷糊糊地穿好衣服，因为我的灵魂还留在睡梦的茧房里。我站起来，抬手揉了揉太阳穴，知道自己做了件不寻常的事，但想不起到底做了什么，也想不起是在半睡半醒间做的，还是在梦里做的。直到洗了脸，水才让我清醒过来……让我的脸颊红润起来，眼睛里也有了光彩……也不用吃早饭了，因为都中午了。我只喝了一口水，压下嘴里的那把火……水好凉。这让我想起了前一天，丽塔婚礼那天早上，下着倾盆大雨。我想起了那天下午，我像往常一样去公园，发现小路边还有不少水洼……每个水洼，不管多小，里面都倒映着一小片天空……时不时有鸟儿惊扰那片天空……口渴的鸟儿低头喝水，嘴尖滴下水珠，惊扰了那片天空，自己还不知道……要么就是，几只鸟儿像闪电似的，叽叽喳喳地叫着飞离枝头，俯冲下来，跳进水洼洗个澡，倒腾羽毛，抹掉泥点，尖嘴和翅膀在那片天空里搅成一团。好幸福……

日内瓦，1960 年 2 月至 9 月

图书在版编目(CIP)数据

钻石广场 / (西)梅尔赛·罗多雷达著;王岑卉 译.—成都:四川文艺出版社,2023.4
ISBN 978-7-5411-6373-9

Ⅰ.①钻… Ⅱ.①梅…②王… Ⅲ.①长篇小说—西班牙—现代 ①I551.45

中国国家版本馆CIP数据核字(2023)第034143号

版权登记号 图进字21-2023-51号

La Plaçadel Diamant by Mercè Rodoreda
Copyright © Institut d'Estudis Catalans, 1986
Published in arrangement with Casanovas & Lynch Literary Agency,
through The Grayhawk Agency Ltd.
Simplified Chinese translation copyright © 2023 by Beijing Xiron Culture Group Co., Ltd.
All Rights Reserved.

ZUANSHI GUANGCHANG
钻石广场

[西]梅尔赛·罗多雷达 著   王岑卉 译

出 品 人	谭清洁
责任编辑	陈润路 王梓画
特约监制	沈浩波 魏 玲 何 寅
产品经理	面 面
责任校对	段 敏

出版发行	四川文艺出版社(成都市锦江区三色路238号)
网 址	www.scwys.com
电 话	010-82068999(发行部) 028-86361781(编辑部)
印 刷	嘉业印刷(天津)有限公司
成品尺寸	125mm×185mm 开 本 32开
印 张	8.25 字 数 170千
版 次	2023年4月第一版 印 次 2023年4月第一次印刷
书 号	ISBN 978-7-5411-6373-9
定 价	48.00元

版权所有·侵权必究。如有质量问题,请与本公司图书销售中心联系调换。010-82069336。